Camilla Läckberg

SWEET GOODBYE

Camilla Läckberg

SWEET GOODBYE

RACHE IST TÖDLICH

Roman

Aus dem Schwedischen
von Katrin Frey

List

Die Originalausgabe erschien 2021
unter dem Titel *Gå i fängelse*
bei Forum, Stockholm

List ist ein Verlag
der Ullstein Buchverlage GmbH

ISBN 9783471360392

1. Auflage August 2021

Umschlaggestaltung: ZERO MEDIA GmbH, München
Titelabbildung: © Isabelle Lafrance / trevillion images
Gesetzt aus der Sabon
Satz und Repro: LVD GmbH, Berlin
Druck und Bindearbeiten: GGP Media GmbH, Pößneck

Für Meja und Polly

TEIL I

1

Im Radio läuft »Walk like an Egyptian«, ein Song, der Liv Andréasson gefällt. Der Taxifahrer, der nach Schweiß riecht und am Haaransatz im Nacken winzige rote Pickel hat, schaukelt zur Musik hin und her. Manchmal wirft er ihr im Rückspiegel verstohlen einen Blick zu, aber sie wendet sich jedes Mal ab.

Schon okay, denkt Liv. Ich verzeihe dir deinen Schweißgeruch und dass du dir, obwohl ich bestimmt dreißig Jahre jünger bin als du, die Lippen geleckt hast, als ich aus der Haustür kam.

Vor vier Jahren hat ihr eine Taxifahrerin von Taxi Stockholm das Leben gerettet, und deshalb hält sie dem Unternehmen die Treue. Im Gegensatz zu ihren Freundinnen fährt sie nie mit Uber.

Der Chauffeur versucht erneut, einen Blick von ihr aufzufangen.

Sie dreht den Kopf zur Seite, schaut die Stadt an.

Ein dunkles, verschneites Stockholm zieht an der Scheibe vorbei.

Winterstraßen, Winterland.

Die Menschen da draußen sind warm eingepackt, sie tragen dicke Daunenmäntel über ihren schicken Sachen, und im Schein der Straßenlaternen sieht die Luft, die sie ausatmen, wie Rauch aus.

»Walk like an Egyptian« verklingt. Ein kurzatmiger Moderator teilt mit, dass vom alten Jahr bald nur noch sechs Stunden übrig sind. Am Nachmittag hat sie in der Einzimmerwohnung in der Oxenstiernsgata angefangen, sich zu schminken. Eigentlich wohnt Liv noch bei ihren Eltern. Die kleine Wohnung hat sie sich heimlich gesucht. Seit drei Monaten ist sie nun schon Untermieterin, und drei weitere Monate darf sie die Wohnung behalten. Die Besitzerin der Wohnung ist nach Bali geflogen, um sich selbst zu finden. Liv verbringt so viel Zeit wie möglich in der Wohnung. Fährt gleich nach der Schule hin. Erzählt ihren Eltern, sie würde bei Freundinnen übernachten. Und dass sie Hausaufgaben aufhat und lernen muss. Im Sommer wird sie schließlich Abitur machen.

Noch nie war sie in Versuchung, von ihrem Versteck zu erzählen. Doch, eine Person hätte sie gern dorthin eingeladen. Aber sie weiß, dass es niemals dazu kommen wird. Der Wagen fährt in eine Kurve, fährt runter in einen Tunnel, und dahinter erstreckt sich der Söderström. Am anderen Ufer schimmern die unzähligen Lichter der Stadt. Das Auto rumpelt ein wenig, als die Reifen auf die Danviksbro fahren. Liv greift nach ihrer Handtasche, zieht die Spriteflasche mit dem Wodka drin heraus und führt sie an die Lippen. Wühlt in der Tasche. Findet die Tablette, die lose im Innenfach liegt, und steckt sie sich in den Mund. Eine Weile liegt sie auf ihrer Zunge und verbreitet den vertrauten bitteren Geschmack.

»Hatten Sie denn ein gutes Jahr?«, fragt der Taxifahrer.

»Geht so. Meine Mutter ist vor zwei Wochen gestorben.«

Die Lügen kommen ihr mittlerweile wie selbstverständlich über die Lippen. Zum ersten Mal hat sie vor ein paar Jahren auf einer Party über ihre Mutter gelogen. Die Worte waren plötzlich rausgerutscht, und als sie merkte, wie verstört der Junge war, mit dem sie sich gerade unterhielt, überkam sie ein befreiendes, beinahe berauschendes Gefühl. In Livs Augen war es so, als ob es ihre Mutter nicht gäbe. Wenn sie nicht existierte, konnte sie auch nicht von ihr im Stich gelassen werden.

Der Mann sieht sie mit großen Augen an. Liv verspürt ein Wohlbehagen, das sie von innen wärmt. Er ist aus dem Gleichgewicht gekommen. Ist unsicher geworden. Er ringt nach Worten, will etwas Tröstliches sagen, begnügt sich aber am Ende mit einem gemurmelten: »Tut mir leid.«

»Wir standen uns sowieso nicht nah.«

Die Gegend vor dem Fenster wird immer vertrauter. Hier, in Skurusund außerhalb von Stockholm, ist sie aufgewachsen. Liv war vier Jahre alt, als sie mit ihrer Familie von Örebro hierher zog. Die großen Einfamilienhäuser sind dem schmalen Sund zugewandt. Die vornehmsten Leute haben natürlich ein Ufergrundstück. Von einem Boot aus wirken die Panoramafenster wie Aquarien, in denen wohlhabende Menschen leben. Liv weiß Bescheid. Ihre Familie lebt selbst in einem dieser Aquarien. Auf den schmalen Straßen fahren jetzt nur noch Taxis, die SUVs und die Sportwagen parken in den Einfahrten oder stehen in den Garagen. In den meisten Häusern brennt kein Licht. Die Einwohner von Skurusund feiern normalerweise im Ausland Silvester. In Chamonix, auf den Seychellen, in St. Anton oder auf den Malediven. Livs Instagram Feed ist in dieser Zeit eine Weltreise.

Der Taxifahrer bremst, und Liv reicht ihm schweigend ihre Kreditkarte und tippt die Geheimzahl ein. Sie steigt aus und zieht ihr kurzes Kleid ein Stück runter.

Sie erschauert im kalten Wind. Ihre Absätze sind elfeinhalb Zentimeter hoch und lassen ihre Beine noch schlanker und länger erscheinen. Hoffentlich schlanker und länger als Martinas. Obwohl sie beste Freundinnen sind, herrscht zwischen ihnen jederzeit ein einziger Wettkampf. Sie haben immer miteinander konkurriert, sich aber auch bedingungslos unterstützt. Ihre Beziehung ist alles andere als unkompliziert.

In der Einfahrt bricht sie in eine überfrorene Pfütze ein, schwankt laut fluchend. Typisch für sie. Sofort schaut sie zum Haus, um sich zu vergewissern, dass niemand sie gesehen hat, und hält sich am Geländer fest, weil sie nicht auch noch auf den vereisten Treppenstufen ausrutschen möchte. Sie klingelt.

Augenblicklich wird die Tür aufgerissen.

»Du bist früh dran.« Max steht in Smokinghose

und -hemd vor ihr, die Fliege hängt ihm locker um den Hals. Es ist ungewohnt, ihn so zu sehen. Normalerweise trägt er Lederjacke und T-Shirt. Seine Jeans sind meistens kaputt. Zwischen all den Kaschmirpullovern und den pastellfarbenen Hemden, die ihre Klassenkameraden morgens tragen, kommt er damit durch.

»Ich war gerade dabei, mich umzuziehen.« Er tritt ein Stück zur Seite.

Sie versucht, aus seinem Tonfall schlau zu werden. Freut er sich, oder wäre er lieber noch eine Weile allein gewesen? Mit Max ist es seltsam. Manchmal kann sie in ihm lesen wie in einem offenen Buch, dann versteht sie jede Zelle seines Körpers. In anderen Momenten ist er ein Fremder, und dann scheinen sie nicht einmal dieselbe Sprache zu sprechen. Dabei kennen sie sich schon seit ihrer Kindheit. Sein Blick schweift über ihr kurzes schwarzes Kleid. Aber Max sagt nichts. Sein Blick auch nicht. Er stellt nur fest.

Sie geht hinter ihm ins Haus. Es hat drei Etagen und ist eins der größten in Skurusund. Das Erdgeschoss besteht aus einem einzigen riesigen Raum mit Panoramafenstern zum dunklen Sund hin, in dieser Luxusvilla werden sie ins neue Jahr hineinfeiern. Eine offene Küche mit einer gigantischen Kücheninsel und einem Esstisch für mindestens zwölf Personen dominiert die eine Hälfte des Raums, während in der anderen Hälfte zwei große Svenskt-Tenn-Sofas mit klassischen Bezügen von Josef Frank stehen. Das Ganze wirkt wie ein Saal. Die Einrichtung aus teuersten Designklassikern und wertvollen Erbstücken, bei deren Anblick selbst das vornehme Auktionshaus Bukowskis vor Neid erblasst wäre, soll ganz offensichtlich Gäste beeindrucken.

Max' Vater hat eine leitende Funktion in einer Bank, seine Mutter ist Hausfrau. Wobei der Begriff Hausfrau irreführend ist. Es ist nicht so, dass sie sich um den Haushalt kümmern würde. Oder sich um die Kinder gekümmert hätte, als sie klein waren und alle noch zu Hause wohnten. Sie haben für alles Personal. Max ist der Jüngste von vier Geschwistern und als Einziger noch nicht ausgezogen.

Vor dem Panoramafenster steht der mit lauter kleinen Kaskaden aus Gold und Glitzer gedeckte Esstisch. Im Kronleuchter über dem Tisch hängt ein Wimpel mit der Aufschrift: *Frohes neues Jahr*! Auf der Marmorplatte der Kücheninsel befinden sich vier Eiskübel, aus denen Flaschenhälse ragen. Obwohl sie nur zu viert sein werden, sind daneben mindestens vierzig Wein- und Champagnergläser aufgereiht.

»Das hast du ja schön gemacht«, sagt Liv. »Aber wozu so viele Gläser?«

»Damit man jedes nur einmal benutzen muss.«

»Da gibt es morgen viel Abwasch.«

»Nicht mein Problem«, sagt Max achselzuckend. Liv lehnt sich an die Kücheninsel. Sie streicht mit den Fingerkuppen über ihren Arm, die Haut reagiert, und ein Schauer durchfährt sie. Zuerst glaubt sie zu frieren, aber dann wird ihr klar, dass allmählich die Wirkung der Tablette einsetzt.

»Trinken wir einen, während wir auf die anderen warten?« Max geht zu einer beleuchteten Vitrine. Er nimmt zwei kleine Gläser heraus, stellt sie neben Liv auf die Marmorplatte, zieht ruckartig eine beschlagene Flasche Absolut Vodka aus einem der Eiskübel und schenkt die beiden Gläser voll. Ein bisschen Wodka geht daneben. Er taucht einen Finger in die Lache und steckt ihn sich in den Mund. Verzieht das Gesicht. Dann stippt er den Finger noch einmal in den Wodka und hält ihn Liv hin. Sie leckt ihn ab. Schnell. Eigentlich möchte sie den Finger länger mit ihren Lippen umschließen, aber sie traut sich nicht. Schweigend heben sie ihre Gläser, kippen die Köpfe nach hinten und exen den Wodka.

Schnaubend stellen beide die Gläser ab.

»Deine Eltern sind schon da. Die Alten feiern, als gäbe es kein Morgen«, sagt Max.

Diesmal entgeht Liv die Verachtung in seinem Tonfall nicht.

Er winkt sie ans Fenster. Zeigt auf das Haus nebenan. Liv erkennt auf Anhieb ihre Mutter, der das lange rote Haar offen über den Rücken fällt. Sie unterhält sich mit dem Vater von Max. Liv kann acht Personen erkennen. Auch der Mann, der ihr vor vier Jahren gegen ihren Willen die Unschuld geraubt hat, ist dabei. Sie hat ihn eine Weile nicht gesehen und spürt, wie sie unwillkürlich zusammenzuckt. Ein Bild zieht an ihrem inneren Auge vorüber, und plötzlich wird ihr eiskalt. Sie wirft Max einen kurzen Blick zu, um zu überprüfen, ob er etwas bemerkt hat, aber er starrt immer noch unbeirrt zum anderen Haus hinüber. Eigentlich will Liv auf den Mann zeigen und sagen: »Er hat mich vergewaltigt«, aber sie presst die Lippen zusammen. Sie hat es noch nie jemandem erzählt. Wie würde Max reagieren? Vielleicht würde er sich vor ihr ekeln. Vermutlich.

»Kannst du mir einen Drink machen?«, sagt Liv stattdessen und zieht ihn am Ärmel zu den Spirituosen hinüber.

»Was willst du denn?«

»Überrasch mich.«

»Hältst du mich für einen übermotivierten Barkeeper?«, fragt Max mit unbeweglicher Miene.

Dann grinst er breit. Er füllt zwei Gläser mit Eis und schüttet massenhaft hochprozentigen Alkohol und zum Abschluss ein wenig Fruchtsaft hinein. Ein Glas reicht er Liv, dann stoßen sie miteinander an. Sie haken sich unter und müssen so lachen, dass das meiste auf dem Fußboden und ihren Kleidern landet.

Sie lachen noch mehr.

Plötzlich hört Max auf zu lachen und reißt sich los. Liv dreht sich blitzschnell um. Martina und Anton stehen in der Tür und schauen sie an. Martinas Blick wandert zwischen Max und Liv hin und her. Flackernd. Nervös. Aber nicht wütend. Eher erstaunt.

Sie hat bereits die Jacke ausgezogen und trägt ein

Paillettenkleid. Schwarze hochhackige Schuhe. Vermutlich hat sie bereits mehrere Fotos von ihrem Outfit auf Instagram gepostet. Das blonde Haar fällt ihr in einem üppigen Schwall den Rücken runter. Falls sie eifersüchtig ist, lässt sie es sich nicht anmerken.

Anton steht neben ihr. Er hat sich das Haar nass nach hinten gekämmt und trägt Smoking. Seine Lackschuhe sehen zu groß aus. Er geht zu Liv, als Max Martina küsst. Während Liv sich von Anton an seinen kräftigen Körper drücken lässt, der nach Calvin Klein riecht, sieht sie, wie Max sich wie in einem alten Hollywoodfilm über Martina beugt und sie theatralisch küsst.

»Mann, werden wir heute Abend Spaß haben.« Martina zieht Liv mit ins Bad. Dort hebt sie ungeniert das Paillettenkleid, zieht das schwarze Spitzenhöschen runter und setzt sich auf die Toilette. Liv lehnt sich an eins der beiden Waschbecken.

Martina ist ihre beste Freundin, sie liebt sie von Herzen. Auch wenn sie sich nicht mehr nach der Schule treffen, seit Liv diese Einzimmerwohnung in Gärdet hat. Eigentlich hätte sie Martina davon erzahlen müssen. Aber sie will etwas haben, das nur ihr gehört. Einen Platz, wo sie allein sein und ankommen kann. Sie ist sich nicht sicher, ob Martina das verstehen würde. Und ob sie es für sich behalten könnte.

Martina quasselt. Liv hört sie, aber sie hört nicht zu. Es wird an die Tür geklopft.

Die Stimme von Max.

»Ich bin es.«

»Warte kurz«, sagt Martina. Sie steht auf, zieht den Slip hoch und streicht ihr Kleid glatt. Wirft im Spiegel einen Kontrollblick auf ihr Gesicht, bevor sie Liv zunickt, die die Tür aufschließt. Liv lässt Martina und Max allein und hört, als sie wieder ins Esszimmer geht, wie hinter ihr erneut die Tür abgeschlossen wird.

Genau dort, wo Max ihr vor wenigen Minuten seinen Finger in den Mund gesteckt hat, steht jetzt Anton. Er hält sein Smartphone in der Hand, und plötzlich knistert es in den Lautsprechern. Aus allen Richtungen schallt Musik durch den Raum. Anton sagt etwas, seine Lippen bewegen sich, aber die Musik – es ist Rihanna, glaubt Liv – übertönt alles. Er drosselt die Lautstärke, steckt das Smartphone in die Tasche seiner Smokinghose und geht auf sie zu.

»Mensch, siehst du gut aus«, sagt er. »Wie ein Model.« Sie merkt, dass er sich bemüht, einen selbstsicheren und entspannten Eindruck zu machen, obwohl er in Wirklichkeit nervös ist. Am Hals hat er rote Flecken. Er greift nach einem Glas.

»Du auch.«

Sie mag Anton. Er gilt als einer der beliebtesten Jungs auf der Skuruschule, wahrscheinlich, weil er der beste Freund von Max ist. Genau wie Liv, die seit der Grundschule in Martinas Schatten gestanden hat, lebt er im Schatten von Max. Sobald sich Max und Martina wieder zu ihnen gesellen, wird Anton sich auf

Max konzentrieren, sich aufplustern und sich, aller Erfahrung nach, über Livs Ausschnitt mokieren oder sie hechelnd auffordern, ihm einen zu blasen.

Liv macht ihm keinen Vorwurf. Er muss Max bei Laune halten. Muss sich die ganze Zeit unterwerfen und Max gleichzeitig auf einen Sockel heben. Das ist seine Aufgabe, sein Job.

Anton steht am Fenster, und Liv betrachtet ihn. Er sieht gut aus, hat aber bei Weitem nicht Max' Ausstrahlung, diese Souveränität, die man entweder hat oder nicht. Jetzt blickt er zu seinem eigenen Haus hinüber, wo ihre Eltern feiern, was das Zeug hält. Ein ganz in Weiß gekleideter Mann geht herum und serviert Fingerfood, und man hört förmlich die Champagnergläser klirren.

»Glaubst du, sie amüsieren sich?«

»Ich war ja eben noch dort, und daher *weiß* ich, dass sie es nicht tun. Sie spiegeln sich gegenseitig. Reden über den eigenen Erfolg. Sie erzählen von ihren Firmen, ihren Autos, ihren Reisen und anderen Dingen, die keine Bedeutung haben. Zerreißen sich das Maul darüber, wie unglücklich oder gescheitert alle anderen sind. Du kennst sie ja. Und eines Tages werden wir genauso sein wie sie. Im Grunde ist es ziemlich traurig.«

»Glaubst du wirklich, dass wir in ein paar Jahren dort stehen und so ein sinnentleertes Leben führen wie sie?«, fragt sie.

Anton lacht.

»Ich wette, vor zwanzig Jahren haben sie genauso über unsere Großeltern geredet. Eigentlich abartig, wie lange diese Freundschaft schon weitervererbt wird.«

Liv sieht, wie der Mann, der sie vergewaltigt hat, die Hand nach einem Tablett ausstreckt, das ihm hingehalten wird, und sich ein Häppchen in den Mund schiebt. Sie denkt an seine Lippen, seine Zähne, und weiß genau, wie sie sich anfühlen.

»Was ist?«, fragt Anton.

Er sieht sie aufmerksam an.

Liv kehrt zurück in die Gegenwart.

»Nichts.«

»Du sahst total seltsam aus. Bist du schon irgendwie betrunken?«

Sie nickt.

»Ja, das muss es sein. Ich habe etwas getrunken, während ich mich fertig gemacht habe.«

»Haben deine Eltern nichts gemerkt?«

Beinahe hätte sie die Wohnung erwähnt, aber sie beißt sich im letzten Augenblick auf die Zunge.

»Ich habe ein paar Flaschen in meinem Zimmer versteckt.«

Anton geht grinsend zum Spülbecken und lässt kaltes Wasser aus dem Hahn laufen, während er ein Glas aus dem Schrank nimmt. Er wartet einen Moment ab und kontrolliert mit dem Finger die Temperatur, bevor er das Wasserglas füllt. Er hat ihr schon öfter Wasser gebracht, wenn sie zu viel getrunken hat, und weiß, dass sie es am liebsten eiskalt mag. Er reicht Liv das Glas, das sie dankbar nimmt. Ihr gefällt es, wenn Anton nett und fürsorglich ist.

Während sie trinkt, denkt sie an Max und Martina, die immer noch im Bad sind. Vermutlich haben sie Sex. Laut Martina tun sie es oft. Zwei-, dreimal am Tag. Vielleicht hat Max den Finger, den er Liv in den Mund gesteckt hat, jetzt in Martinas Mund. Ihre Körperflüssigkeiten vermischen sich so. Durch Max.

Fast auf den Tag genau vor vier Jahren hat er sie zum ersten Mal vergewaltigt. Im Kofferraum seines BMW X6. Sie ging gerade zu Fuß von einem Unihockeyspiel nach Hause, und er fuhr langsam neben ihr her und fragte, ob er sie ein Stück mitnehmen solle. Anstatt sie nach Hause zu bringen, fragte er, ob sie etwas dagegen hätte, wenn er noch etwas erledigen würde. Er bog in einen Waldweg ein und fuhr an einen kalten, einsamen Strand. Blieb stehen. Seine Hand tastete nach ihr, berührte sie zuerst an der Schulter, wanderte zu ihrer Brust und hinunter zwischen die Beine. Sein Mund war halb geöffnet. Plötzlich ließ er sie los, stieg aus und ging langsam vorne um das Auto herum. Öffnete ihre Tür und zog sie sanft auf das gefrorene Gras. Machte den Kofferraum auf und sagte, sie solle sich hineinlegen. Ihre Beine baumelten über die Kante, als er ihr ungeschickt die Jogginghose und das Höschen auszog. Sie protestierte nicht, sondern lag nur da wie gelähmt, während er in sie stieß.

Noch am selben Abend zog sie sich zu später Stunde, als ihre Eltern schon schliefen, eine dicke Jacke an und schlich sich hinaus. Sie versuchte zu begreifen, was passiert und ob sie tatsächlich vergewaltigt worden war. Sie hatte nicht Nein gesagt. Hatte ihn weder geschlagen noch getreten oder gebissen. War nur vollkommen paralysiert gewesen. Und wieso war er sich so sicher, dass sie niemandem davon erzählen würde?

Ziellos streifte sie in Richtung Stadt. Ließ das behütete Einfamilienhausgebiet hinter sich. Ging die endlosen Radfahr- und Fußgängerwege entlang, kam an Reihenhaussiedlungen, Shoppingcentern und schönen Jugendstilvillen vorbei. Wie betäubt wanderte sie durch Dunkelheit und Kälte. Fühlte nichts, dachte nichts. Oder dachte vielmehr immer wieder das Gleiche. Was war eigentlich passiert? Auf einmal war sie zwei Stunden gelaufen und blieb auf der Danviksbro stehen. Sie blickte eine Zeitlang hinunter in die dunkle Tiefe, bevor sie sich auf das Geländer hochstemmte. Es herrschte kaum Verkehr, doch ein Auto blieb hinter ihr stehen. Sie hörte die Reifen quietschen. Liv drehte sich um. Auf dem Schild an der Seite des Wagens stand »Taxi Stockholm«. Am Steuer saß eine Frau. Sie war klein und dick und sah aus wie eine Mama, die immer Kuchen backt.

»Tu es nicht!«, schrie sie. »Um Gottes willen, tu es nicht!«

Liv antwortete nicht, sondern starrte wieder in die

dunkle Tiefe. Die Frau beruhigte sich. Als sie weitersprach, klang ihre Stimme nicht mehr so verzweifelt. Vorsichtig und leicht gebückt kam sie näher.

»Schätzchen, bitte, spring nicht. Was auch immer passiert ist, es wird besser. Denk daran, dass du eine Familie hast, die dich liebt. Du hast noch das ganze Leben vor dir.«

Langsam drehte Liv sich um. Die Frau weinte, ihre Wangen waren von Kälte und Wind gerötet. Flehentlich streckte sie eine Hand nach ihr aus. Liv weiß bis heute nicht, warum sie danach gegriffen hat und von dem Geländer runtergestiegen ist.

Sie fielen sich in die Arme, und dann fuhr die Frau sie nach Hause.

»Weißt du, wann das Essen kommt?«

Liv wird unsanft zurück in die Realität geholt, und ihre Erinnerung an die Frau, die ihr zumindest dieses eine Mal das Leben gerettet hat, löst sich auf wie eine Sprudeltablette. Sie merkt plötzlich, dass sie ihr leeres Glas sehr fest umklammert, und stellt es weg.

»Die Cateringfirma kommt gegen neun, glaube ich.«

»Ich habe jetzt schon Hunger.«

Anton streicht sich wie ein Kleinkind mit der flachen Hand über den Bauch. Dann steckt er die Hand in die Hosentasche und zieht sein Smartphone heraus.

»Wer will denn so lange warten? Ich bestelle jetzt was zu essen bei Foodora«, murmelt er. »Ja, das mache ich. So ein Inder soll auf seinem Fahrrad hier angehetzt kommen und mir eine Pizza bringen.«

Liv hört nicht mehr zu. Sie geht zum Flachbildschirm an der gegenüberliegenden Wand des riesigen Raums und öffnet mit einem Stups die Schubladen des Sideboards darunter. Nimmt den Inhalt in Augenschein. Was wollen sie sechs Stunden lang machen? Trinken natürlich. Essen. Sie will aber noch etwas machen. In einem der Fächer entdeckt sie ein altes Monopoly. Sie nimmt den Deckel ab und überprüft, ob alle Karten und Scheine noch da sind. Ohne darüber nachzudenken, was die anderen dazu sagen werden, geht sie zur Sitzgruppe rüber, faltet das Spielbrett auf dem Wohnzimmertisch auseinander und stellt die silberfarbenen Spielfiguren auf.

Wie gelähmt starrt Max das aufgeklappte Monopoly-Spielbrett auf dem Wohnzimmertisch an. Er wirft einen besorgten Blick in die Runde. Noch vor Kurzem erschien ihm der Abend mehr als vielversprechend, doch nun befürchtet er, seine mit einem Mal gedämpfte Stimmung könnte auffallen.

Er war zehn Jahre alt, als sich nach einem Spieleabend der endgültige Bruch ereignete. Von außen betrachtet gehört Max' ältester Bruder Johan, der in London bei einer Bank arbeitet, immer noch zu dieser Familie, in der alles, was nicht dazu dient, eine makellose Fassade aufrechtzuerhalten, als zweitrangig gilt. Doch nach jenem Monopolyabend vor gut acht Jahren hat Johan endgültig mit dem Vater gebrochen. Nachdem er ihm einen Schlag versetzt hatte. Am Auge hatte er den Vater getroffen. Offenbar war Johan plötzlich seine gesamte Kindheit hochgekommen.

Chaos war ausgebrochen. Danach war Johan in die helle Sommernacht rausgerannt. Der Vater hatte von der Mutter einen Beutel Tiefkühlerbsen bekommen, den er sich auf das Auge legen musste, und hatte dabei mit dem unverletzten Auge kritisch den Rest der Familie gemustert. Keiner von ihnen dürfe jemals wieder mit Johan sprechen, verkündete er. Die Mutter, Max und die beiden anderen Geschwister fügten sich gehorsam. Und sagten kein Wort.

Wie immer.

Obwohl Johans Verschwinden Max wütend macht, weiß er, dass Johan es für ihn getan hat. Dass es ein Versuch war, sich selbst und Max zu schützen.

Seitdem ist Johans Name in seinem Elternhaus nicht mehr erwähnt worden.

Allerdings weiß der Vater nicht, dass Johan Max zweimal im Jahr anruft. An seinem Geburtstag, am 19. Juni, und an Silvester.

Max fragt sich, ob Johan heute anrufen wird.

Er hofft darauf, aber genau weiß man es nie.

Max schiebt sich zwei Finger zwischen Hals und Hemdkragen und lockert den kratzenden Stoff ein wenig. Martina hat auf einer ordentlich gebundenen Fliege bestanden. Eigentlich kommt es ihm albern vor. Sie sind ja nur zu viert und kennen sich von Geburt an, aber sie will, dass auf ihren Social Media Kanälen alles perfekt aussieht. Bald wird sie ihn auf die Terrasse mit Blick auf den Sund zerren und ihn zwingen, mit ihr zusammen zu posieren.

»Vier«, ruft sie und zieht mit ihrer Spielfigur, einem Rennwagen, vier Felder vor. Sie landet auf dem Norrmalmstorg.

»Den kaufe ich.«

Anton grapscht sein Smartphone von der Tischplatte und wirft einen genervten Blick darauf.

»Dämlicher Inder. Hat sich verfahren. Wie schwer kann es sein, eine Pizza Hawaii zu liefern? Kein Wunder, dass du deinen Lebensunterhalt damit verdienen musst, Essen auf dem Gepäckträger zu transportieren, du Affe«, sagt er zum Display.

Niemand reagiert. Sie sind Antons Wutanfälle gewohnt.

»Guckt euch das an!«, erregt sich Anton. Er hält den anderen den Bildschirm hin. »Jetzt ist er stehen geblieben und guckt sich erst mal in Ruhe um. Dass die Pizza kalt ist, wenn sie ankommt, ist ihm scheißegal. Diese Foodora-Boten haben überhaupt keine Arbeitsmoral. Ich sollte seinem Chef eine Mail schreiben, damit der Kerl rausfliegt. Wir könnten ja sagen, er hätte Liv betatscht. Allerdings würde ihr niemand glauben, dass sie etwas dagegen hatte. Ganz Skurusund kennt sie schließlich als Schlampe de luxe.«

Lachend versucht er, Max' Blick aufzufangen.

Max grinst für den Bruchteil einer Sekunde und lehnt sich dann gähnend zurück.

Liv holt zu einer Ohrfeige aus, aber Anton wirft sich rechtzeitig zur Seite. Als sie sich wieder aufrecht hinsetzt, ist ihr Kleid an den Oberschenkeln hochgerutscht, und Max kann den schwarzen Slip darunter sehen. Nach einer Weile zwingt er sich wegzugucken.

»Es tut mir unheimlich leid, aber wir müssen die Einsätze erhöhen«, sagt er.

Augenblicklich verstummen die leisen Gespräche, als hätte jemand die Hauptsicherung rausgedreht.

»Woran hast du gedacht?«, fragt Liv.

»Das Spielgeld ist nichts wert«, sagt Max. Er stellt sein Glas ab, greift eine Handvoll Scheine und lässt sie auf den Teppich segeln. »Wir sind keine Kinder mehr, stimmt's? Hört zu. Wir erfinden unsere eigenen Regeln. Wenn man auf einer Straße landet, die jemand anderem gehört, kann man einfach bezahlen oder …«

»Oder was?«, fragt Anton erwartungsvoll.

»Oder sich für Wahrheit oder Pflicht entscheiden.«

Martina nickt. Liv auch.

»Guckt euch Liv an.« Anton grinst. »Allein beim Gedanken an ein bisschen Nähe wird sie kurzatmig. Wir legen besser eine Plastikfolie aus, damit der Teppich nicht leidet.«

Martina lacht. Liv ignoriert Antons Bemerkung, aber irgendetwas sagt Max, dass sie Anton die permanenten Sticheleien übel nimmt. Doch was soll Max dagegen machen? Wenn Anton ihr auf die Nerven geht, muss sie es ihm schon selbst sagen. Sie sind schließlich, wie sie vorhin festgestellt haben, keine Kinder mehr.

Martina ist an der Reihe und würfelt. Vasagata. Die gehört Anton.

»Wahrheit«, sagt sie.

Anton lehnt sich zurück, nippt an seinem Glas und mustert sie.

»Mit wie vielen hast du schon geschlafen?«

Martina verdreht die Augen und wirft Max verstohlen einen Blick zu.

»Ist mir egal«, sagt er.

Er meint es ernst, es ist ihm wirklich egal. Er selbst hat erst mit drei Mädchen geschlafen, obwohl er immer behauptet, es wären an die fünfzig gewesen.

»Ich will es aber nicht sagen.«

»Mach schon, sei ein braves Mädchen.« Anton leert sein Glas in einem Zug. Die Eiswürfel klirren. »Ich wette, es waren höchstens fünf.«

»Sieben.«

Max schnappt sich die Würfel. Schüttelt sie. Lässt sie fallen. Sie rollen über den Tisch. Bleiben liegen. Eine Vier und eine Drei. Max nimmt sein Bügeleisen, setzt es sieben Felder weiter und landet auf der Odengata. Martina sieht ihn an.

»Bezahlst du?«

Max denkt nach. Sieht den Haufen Spielgeld auf dem Teppich an. Schüttelt den Kopf.

»Vergiss es. Wahrheit.«

»Wen magst du von deinen Geschwistern am liebsten?«

Er kräuselt die Nase.

»Wie meinst du das?«

»Du bist mit deinen drei Geschwistern in einem Zimmer. Ein Typ mit Pistole kommt rein und fragt dich, welche zwei er erschießen soll.«

Liv und Anton sehen ihn aufmerksam an.

»Was für eine abartige Frage.«

Ohne dass er etwas dagegen machen kann, spult sich vor seinem geistigen Auge die Erinnerung ab wie ein Film. Johans Faust trifft den Vater am Auge. Der Vater fällt schreiend und fuchtelnd zu Boden. Johan baut sich drohend vor ihm auf, hebt die Faust erneut, hält aber inne. Räuspert sich. Die Spucke trifft den Vater an der Wange.

Du fasst ihn nicht noch mal an. Verstanden?

Max starrt mit leerem Blick vor sich hin.

»Johan«, sagt er leise. Der Einzige, der ihn je beschützt hat.

Er steht auf, geht zur Kücheninsel und holt einen der Eiskübel. Stellt ihn auf den Wohnzimmertisch.

Der Reihe nach schenken sie sich die Gläser voll.

Es klingelt.

»Endlich«, ruft Anton und rappelt sich vom Sofa auf. »Komm mit an die Tür, Max.«

Max tut, was er sagt. Er öffnet die Tür, und draußen auf dem Treppenabsatz steht ein älterer Mann in rosa Daunenjacke und mit einer rosa Mütze unter dem Fahrradhelm. Der Mann hält Anton eine Pizzaschachtel hin.

»Enjoy«, sagt der Bote grinsend und dreht sich um.

Anton klappt den Deckel hoch und befühlt den Pizzarand.

»Wait«, sagt Anton.

Der Mann bleibt stehen und kommt zurück.

»It's cold.« Anton parodiert einen indischen Akzent. »The pizza is fucking cold. Did you stop to eat curry or what?«

Der Mann breitet ratlos die Arme aus.

»I'm sorry, sir. I fell off the bike. The streets are icy this time of year.«

»Moron. You should go back to Bombay.«

Der Mann beißt die Zähne zusammen und senkt den Blick. Max hat Mitleid mit ihm, warum muss Anton immer so aggressiv sein? Andererseits versteht er ihn. Wer will schon kalte Pizza essen?

Verärgert sieht Anton den Mann an.

»Maybe you could heat it up if you have a microwave?«, sagt der Bote beschwichtigend.

»If we have a microwave?«, antwortet Anton lachend. »Yes, we have a microwave. But your job is to deliver the pizza warm.«

»I'm sorry. I really am.«

»You know what? You should pay for this. Otherwise I'll make a complaint to your bosses. I'll tell them that you were rude. And that you took a bite of my pizza. My friend Max here will back me up. What about that? You'll lose your so-called job.«

»Please, sir. That's not fair.«

»The world isn't fair.«

Max sieht den Mann bedächtig nicken und sein Handy aus der Tasche ziehen. Mit zitternder Hand tippt er eine Nummer ein. Als die mobile Überweisung eingeht, gibt Antons Smartphone eine Art Pfeifen von sich. Als ob es nur um Geld gegangen wäre. Anton reicht die Pizzaschachtel an Max weiter und überprüft, ob die Summe korrekt ist. Rümpft die Nase. Dann knallt er dem Mann die Tür vor der Nase zu.

»Unverschämter Kerl«, sagt Anton. Max gibt ihm die Pizza zurück.

Anton schaltet die Mikrowelle ein und Max geht zum Fenster. Er sieht zu der anderen Party rüber. Sein Vater unterhält sich lachend mit der Mutter von Martina. Macht eine ausladende Armbewegung und scheint sich vor Lachen ausschütten zu wollen. Der perfekte Familienvater. Max spürt, wie schon so oft, die Wut in sich aufsteigen.

Unbemerkt hat sich Liv angeschlichen. Schweigend stehen sie nebeneinander, ihre Schultern berühren sich.

Letzten Sommer haben sie sich geküsst. Zumindest glaubt Max, dass sie es getan haben. Vielleicht trügt ihn seine Erinnerung. Sie waren beide betrunken, auf einer Party hier in der Nachbarschaft. Wahrscheinlich hatten sie auch gekifft. Martina war auf einem Sofa eingeschlafen. Die Vögel sangen, die Nacht war hell und warm, und sie beschlossen, baden zu gehen. Sie zogen sich bis auf die Unterwäsche aus und sprangen ins Wasser. Und im Wasser küssten sie sich plötzlich. Liv schmeckte nach Tequila und Lakritz. Klammerte sich an ihn. Er merkte, dass sie kein Höschen anhatte, und spürte ihre nackte Haut an seinem Oberschenkel.

»Das darfst du niemals Martina erzählen«, hatte sie geflüstert, bevor sie zurück zum Steg geschwommen war, sich abgetrocknet und hastig angezogen hatte, wieder zum Haus gegangen war.

Sie hatten den Vorfall nie wieder erwähnt. Aber Max hatte daran gedacht. Viele Male. Plötzlich will er Liv unbedingt nach jenem Abend fragen. Haben sie sich wirklich geküsst? Oder war das Ganze Fantasie? Er ist sich unsicher, er war so besoffen. Und breit.

»Macht es dich traurig, wenn Anton solche … Sachen sagt?«, flüstert er stattdessen.

Liv wendet sich zu ihm um, sieht ihn überrascht an und scheint sich zu fragen, ob er es ernst meint. Dann schüttelt sie den Kopf.

»Nein, wieso sollte es? Er meint es ja nicht böse, wir wissen doch, wie er ist.«

Sie gehen wieder zum Sofa. Anton hat die Pizza in Stücke geschnitten und verteilt sie. Er tut, als würde er die Pizza fallen lassen, und gibt dazu einen Kommentar ab, der Martina zum Lachen bringt. Sogar Liv muss grinsen.

Max denkt, dass der Umgangston zwischen ihnen oft hart ist, sie aber eine Gemeinschaft verbindet, die sich nicht in Worte fassen lässt. Die restliche Klasse ist auf einer großen Party, aber Max, Anton, Liv und Martina wollten zu viert sein. So fühlen sie sich am wohlsten. Auch in der Gesellschaft von anderen Menschen sind sie immer unter sich geblieben. Seit dem Kindergarten und sogar schon davor. Gemeinsame Abendeinladungen, Urlaubsreisen, Reiterhöfe und Golfstunden. Genau wie ihre Eltern sind sie allmählich zu einer Einheit zusammengewachsen. Doch vielleicht haben sie vor allem in den letzten Jahren eine Mauer um sich gebaut.

Er zieht Martina an sich und presst ihr seine Zunge in den Mund. Sie erwidert den Kuss immer gieriger. Schmeckt nach Oregano. Ananas. Tomate. Max schluckt ihren Speichel runter und bemerkt, dass Liv sie beobachtet. Er bekommt ein schlechtes Gewissen. Wem gegenüber, weiß er nicht. Er lässt Martina los.

»Wer ist dran?« Er schaut in die Runde.

»Ich«, antwortet Liv. Sie schnappt sich die Würfel und lässt sie über den Tisch kullern. Zwei Fünfen. Sie lässt ihr Fahrzeug über die Felder hopsen. Bleibt auf dem Karlaväg stehen. Die Straße gehört Max.

»Pflicht«, sagt sie.

»Knutsch mit Anton«, sagt Max.

»Richtig?«

Anton drückt erwartungsvoll den Rücken durch.

»Oder du musst rausgehen und dich im Schnee wälzen.«

»Klar. Wenn du die Sauna anmachst.«

Anton sackt wieder zusammen.

»Sie ist schon an.«

Liv lächelt Max an.

Dann steht sie gemächlich auf, geht in den Eingangsbereich, zieht sich das Kleid über den Kopf und bedeckt ihre Brüste mit den Händen. Max nimmt den schwarzen Slip wahr und dass sie keinen BH trägt. Erneut flimmert eine Erinnerung aus dem vergangenen Sommer an ihm vorüber. Die anderen ziehen ihre Jacken und Schuhe an und gehen mit nach draußen. Liv wirft sich kreischend in den Schnee, rollt sich ein paar Mal hin und her, kommt hastig auf die Beine und hüpft auf der Stelle.

»Scheiße, ist das kalt. Scheiße, ist das kalt.«

Sie springt auf und ab. Jault. Rast an ihnen vorbei und die Kellertreppe zur Sauna runter. Max hört die nackten Füße auf den Fußboden platschen und dann das Klicken der Saunatür, die ruckartig aufgerissen wird.

Max, Martina und Anton kehren ins Wohnzimmer zurück.

»Wer ist dran?«, fragt Anton.

»Liv ist noch mal dran. Sie hat ja zwei Fünfen gewürfelt.«

Anton nimmt ein Stück Pizza, klappt es zusammen und steckt es sich in den Mund.

»Wann kommt das Catering?«, fragt er mit vollem Mund.

»Ich habe gesagt, dass das Essen um neun serviert werden soll, also werden sie wohl um acht kommen, um den Tisch zu decken und hier alles vorzubereiten.«

»Was gibt es denn?«, fragt Martina.

»Das wirst du schon sehen«, sagt Max.

»Wie spannend«, sagt sie tonlos. »Dann lass uns doch jetzt das Foto machen. Hier.«

Sie drückt Anton ihr Smartphone in die Hand.

Martina überprüft, ob ihr Kleid gut sitzt, zupft Max' Fliege zurecht und hält ihm die Smokingjacke hin. Er schlüpft hinein und fährt sich durchs Haar. Sie öffnen die Terrassentür. Bibbernd drückt Max auf einen Lichtschalter, und kurz darauf werden sie von starkem Scheinwerferlicht überflutet. Lässig ans Geländer gelehnt, heben sie ihre Champagnergläser. Max legt Martina seinen Arm um die Schultern. Sie stellt ein Bein nach vorne – dann sehen ihre Beine schlanker aus, hat sie ihm mal verraten –, und dann lächelt sie.

»Guck doch ein bisschen fröhlicher, Maxi-Schatzi«, sagt Anton.

Er macht ein paar Bilder, Martina wechselt die Position, behält aber die ganze Zeit über das maskenhafte Lächeln.

»Kann ich mal sehen?«

Ihr Lächeln verschwindet, als sie sich von Max löst und Anton das Smartphone aus der Hand reißt. Sie scheint die Fotos sorgfältig zu studieren.

»Gut. Das hier kannst du nehmen«, sagt sie anerkennend.

»Mittlerweile habe ich eben Erfahrung. Ich habe bestimmt schon mehr als 10.000 Fotos von euch gemacht«, sagt Anton.

Hinter der Scheibe steht Liv. Sie hat sich das Kleid wieder angezogen, ihr Haar ist noch nass. Ihre Wangen sind von der Hitze gerötet. Oder von der Kälte.

Nachdem Max das Licht auf der Terrasse gelöscht hat, gehen sie wieder rein. Martina verkündet, dass sie ein paar Minuten Zeit braucht, um die besten Bilder auszuwählen und anschließend zu bearbeiten. Sie hat auf Instagram 11.000 Follower und doppelt so viele auf Snapshot.

Anton schenkt sich ein Glas Wodka ein und leert es in einem Zug.

»Ich muss pinkeln.« Mit einem lauten Rülpser verzieht er sich auf die Toilette.

Max und Liv sitzen schweigend da. Sie im Schneidersitz barfuß auf dem Fußboden. Er auf dem Sofa. Breitbeinig. Er muss an das denken, was Anton ihm vor einer Weile erzählt hat. Dass er gesehen hat, wie Liv in einem Hauseingang im Stadtteil Gärdet verschwunden ist.

Vermutlich, haben sie gefolgert, geht sie dort mit einem älteren Typen ins Bett.

»Triffst du jemanden?«, fragt er, während er ihr Champagner einschenkt.

»Nein.«

»Anton sagt, du hättest einen Typen in der Stadt.«

Liv rümpft die Nase.

»Er redet Unsinn.«

»Er sagt, er hätte dich vor ein paar Wochen gesehen, als du in einen Hauseingang in der Oxenstiernsgata gegangen bist. Mit einem Typen um die fünfzig.«

»Er ist krank im Kopf. Ein richtiger Stalker.«

Liv trinkt einige Schlucke Champagner. Stellt ihr Glas ab.

»Und nein.« Plötzlich sieht sie ihm in die Augen. »Ich treffe niemanden. Schon lange nicht mehr.«

Die anderen kommen zurück, und dann spielen sie weiter. Hin und wieder holt Max sein Smartphone raus und wirft einen verstohlenen Blick darauf. Johan hat nicht angerufen.

Max ist gerade an der Reihe, als das Smartphone vibriert. Er erkennt auf Anhieb Johans Nummer. Nimmt das Telefon mit hinaus auf die Terrasse. Bevor er drangeht, schiebt er die Glastür zu.

»Hi Bruder«, sagt Johan. »Wie sieht's aus?«

»Gut. Wie geht es dir?«, fragt Max.

»Doch. Ganz gut. Wir essen gleich. Wie feierst du dieses Jahr?«

»Bei uns zu Hause.«

»Allein?«

»Nein, Anton, Martina und Liv sind hier.«

»Und wo sind Mama und die anderen?«, fragt Johan.

»Truls ist in Schonen. Sara ist in Åre, glaube ich. Mama ist bei Antons Eltern. Die veranstalten eine öde Party.«

Johan lacht. Vom Wasser weht ein kalter Windstoß herüber.

»Aber dir geht's gut?«, fragt Johan. Seine Stimme klingt liebevoll. Möglicherweise besorgt.

»Klar, Mann. Super.«

Eine kleine Pause entsteht.

»Ich werde Vater«, sagt Johan. »Es wird ein Mädchen, im Juni kommt sie zur Welt. Vielleicht sogar am selben Tag wie du.«

»Herzlichen Glückwunsch. Wie soll sie heißen?«

»Wissen wir noch nicht. Hast du einen Vorschlag?«

»Nein. Aber ich werde darüber nachdenken.«

»Gut. Tu das. Außer dir habe ich es niemandem erzählt. Es ist noch ein bisschen zu früh. Aber jetzt weißt du Bescheid. Vielleicht kannst du im Herbst mal zu uns rüberfliegen und sie kennenlernen. Dann hast du ja deinen Schulabschluss.«

»Das wäre toll«, sagt Max.

»Wirklich. Und dann gehen wir zusammen ins Stadion. Arsenal. Oder vielleicht Chelsea? Ich lade dich ein.«

Im Hintergrund sagt eine weibliche Stimme etwas zu Johan. Er antwortet auf Englisch.

»Wir essen jetzt. War schön, mit dir zu reden. Wegen deines Besuchs melde ich mich. Pass auf dich auf, kleiner Bruder.«

Max legt auf, behält das Smartphone aber fest umklammert in der Hand und stützt sich mit den Unterarmen auf das Geländer. Schaut in die Dunkelheit. Geht Wort für Wort das Telefonat durch. Freut sich für Johan. Hat einen Kloß im Hals. Eine Träne läuft ihm über die Wange.

Tief atmet er die kalte Luft ein.

Hinter ihm klopft jemand an die Scheibe. Er wischt schnell die Träne weg, bevor er sich umdreht.

Im Wohnzimmer fuchtelt Martina mit den Armen.

»Wer war das?«, fragt sie, als er die Tür zur Seite geschoben hat und wieder reingekommen ist.

»Die Cateringfirma«, antwortet Max. »Die haben die Adresse nicht gefunden.«

2.

Obwohl Martina Liska eigentlich keinen Alkohol mag, hat sie an diesem kurzen Abend bereits zwei Gläser Champagner und zwei Wodkas getrunken. Sie verträgt nicht viel. Am liebsten würde sie gar nichts trinken, aber sie weiß, dass sie dem Gruppenzwang und den bohrenden Fragen nicht standhalten würde. Wenn Martina etwas hasst, dann die Fragen anderer Menschen. Sie kommt sich so schnell unnormal vor, wie eine Außenseiterin.

Manchmal dreht sich der Raum. Sie blickt verstohlen zu Max hinüber, der mit seiner Figur über das Spielbrett wandert und Pflicht sagt, als er auf der Straße eines Mitspielers landet.

Sie sitzt die ganze Zeit so, dass sie beobachten kann, was in dem anderen Haus vor sich geht. Eigentlich braucht sie ihre Mutter nicht zu sehen, um zu wissen, was passieren wird. Trotzdem behält sie deren Bewegungen aufmerksam im Auge. Sie weiß, dass sie im Laufe der Zeit ausladender werden, während ihre Stimme höher wird. Und dann wird ihre Mutter entweder aggressiv oder sentimental und weinerlich.

»Rasier dir die Haare ab«, sagt Liv.

Martina zuckt zusammen, hat sie richtig gehört? Liv und Max sehen sich an, dann fängt er an zu lachen.

»Unsinn. Er soll sich nicht die Haare abrasieren«, sagt Martina.

Sie wirft ihm einen strengen Blick zu.

»Du darfst dir nicht die Haare abrasieren. Ich verbiete es dir.«

Liv versucht, sich einzumischen, und will etwas sagen. Max in Schutz nehmen. Ihn ermutigen. Will Martina davon überzeugen, wie lustig das Ganze ist. Doch was soll lustig daran sein, wie ein Idiot herumzulaufen? Er wird aussehen wie ein Freak.

Martina beugt sich vor und hält Liv ihre Handfläche vors Gesicht.

»Entschuldige, aber ich rede gerade mit meinem Freund.«

Liv verstummt sofort. Doch genau in dem Moment, als Martina anfangen will, Max die Sache zu erklären, steht er auf. Martina sitzt mit offenem Mund da. Fühlt sich gedemütigt. Mit Liv und Anton im Schlepptau geht er ins Bad. Sie steht auf, um ihnen zu folgen, als sie ihren Vater mit der Frau reden sieht, mit der er ins Bett geht. Im Hintergrund kann sie Victoria erkennen, ihre Mutter, die keine Notiz von dem Gespräch zu nehmen scheint. Ist sie vielleicht schon zu betrunken? Martina zwingt sich, den anderen hinterherzugehen.

Max sitzt mit einem Handtuch um den Hals auf dem Klodeckel. Liv hält einen aggressiv surrenden Rasierer in der Hand und fährt ihm damit durchs Haar. Vor seinen Füßen liegen bereits einige dunkle Büschel.

»Wir machen einen Mohikaner aus ihm. Rasier nur die Seiten ab, Liv«, ruft Anton.

Martina möchte schreien. Möchte sich auf Liv stürzen und ihr den Rasierapparat aus der Hand reißen, aber es ist schon zu spät. Die anderen lachen laut über das, was hier geschieht. Martina ist zum Weinen zumute, und gleichzeitig schämt sie sich. Was spielt es denn für eine Rolle, was Max für eine Frisur hat? Im Grunde gar keine. Aber sie spürt, dass er nicht mehr auf sie hört. Ihre Meinung, auf die er früher so viel Wert gelegt hat, bedeutet ihm nichts mehr. Und davor hat sie panische Angst. Weil sie weiß, dass es der Anfang vom Ende ist.

Als Martina und Max zusammenkamen, war Martina wunschlos glücklich. Es fühlte sich alles so richtig an, wie endlich zu Hause anzukommen. Sie waren so ein tolles Paar, und alle auf der Schule schienen sie um ihre Beziehung zu beneiden. Seit wann geht es eigentlich bergab?

Martina kann nicht mehr hinsehen. Sie wendet den anderen den Rücken zu und geht, ihre aufgekratzten Stimmen im Ohr, zurück ins Wohnzimmer. Aus dem Eiskübel, der noch auf der Kücheninsel steht, nimmt sie eine Flasche Wodka.

Schraubt den Deckel ab.

Legt den Kopf in den Nacken und trinkt ein paar große Schlucke. Der hochprozentige Alkohol kratzt im Hals und wärmt im Bauch. Sie unterdrückt den Würgereiz.

Sie muss sich entspannen, ärgert sich über ihr eigenes Verhalten.

»Hör jetzt auf. Komm runter. Sei einfach wundervoll, dann wirst du sehen, dass er dich lieber mag«, flüstert sie sich zu.

Woher kommt das Kontrollbedürfnis? Sie weiß doch, dass sie Max nicht so behandeln sollte und dass sie manchmal zu viel verlangt. Dass sie fast ein bisschen neurotisch ist. Aber sie kann nichts dagegen machen. Obwohl sie sogar weiß, woran es liegt. In einem Forum, das sie klammheimlich besucht, was sie allerdings selbst unter Folter nicht zugeben würde, hat ein Psychologe geschrieben, Kinder von Alkoholikern würden oft ein starkes Bedürfnis entwickeln, ihre Umgebung zu kontrollieren, weil sie sich in ihrer Kindheit zu ohnmächtig gefühlt haben.

Martina sinkt aufs Sofa. Sie starrt vor sich hin.

Vor drei Jahren ist ihr klar geworden, dass Karl, ihr Vater, fremdgeht. Ihre Mutter hat damals schon getrunken. Und Martina hat sie dafür gehasst. Aber wenigstens gab es für die heimliche Sauferei, die zumindest Martina bis dahin ein Rätsel gewesen war, nun eine Erklärung.

Das machte es irgendwie einfacher, damit umzugehen.

Martina hat es im Urlaub in Thailand entdeckt. Sie hatte sich heimlich sein Smartphone genommen, um zu schauen, ob sie eins der Fotos, die er im Lauf des Tages von ihr gemacht hatte, in ihren sozialen

Medien nutzen konnte. Plötzlich traf eine SMS ein. Sie klickte sie automatisch an, sie war von Nicole. Die beiden waren offensichtlich zusammen. Es gab sogar Nacktfotos von ihr. Am schmerzhaftesten war jedoch, dass er geschrieben hatte, wie sehr er sich in diesem Familienurlaub langweile. Wie sehr er sie vermisse, und wie viel lieber er mit ihr verreist wäre. Nachdem sie die Nachrichten gelesen hatte, fragte sie sich, ob ihre Mutter von der Affäre wusste. Sie klickte sich zum Chat ihrer Eltern durch und begriff sofort, dass ihre Mutter genau wusste, was vor sich ging.

In hasserfüllten Textnachrichten hatte sie zum Ausdruck gebracht, wie erniedrigt sie sich fühlte.

Wutausbrüche, in denen sie ihm an den Kopf warf, was für ein widerlicher Mensch er sei.

Manchmal drohte sie ihm, es den Töchtern zu sagen.

Martina sah sich an, wann die SMS gesendet worden waren. Nicht selten hatte die Mutter sie während der gemeinsamen Abendessen auf dieser Reise geschickt. Umgeben von der Familie.

Martina hatte keine Ahnung gehabt.

Es war, als hätte sie mit zwei Fremden zusammengelebt. Die offensichtlich keine Liebe und kein bisschen Respekt mehr füreinander empfanden.

Während des restlichen Urlaubs wechselte sie kein Wort mehr mit dem Vater. Er fragte sie ständig, ob sie wütend auf ihn sei, aber sie gab keine Antwort.

Das Schlimme war, dass Martina mit niemandem darüber reden konnte. Nicht mit ihrer Mutter, denn die tat ihr leid – sie war ja offensichtlich am Boden zerstört. Und nicht mit ihrem Vater, denn der würde sie nie verstehen – schließlich hatte er ja die Familie kaputtgemacht. Mit ihren besten Freunden konnte sie auch nicht reden. Was würden sie denken? Sie wusste, dass es nicht nur ihr, sondern auch ihrer kleinen Schwester Adrienne um die Ohren geflogen wäre, wenn in ihrem Freundeskreis oder der Schule jemand Wind davon bekommen hätte. Und Adrienne wollte sie um jeden Preis beschützen. Die kleine Adrienne war noch so unschuldig und wehrlos. Obwohl sie fast zehn Jahre jünger als Martina war, standen sie sich sehr nah. Martina wollte ihr ersparen, von Erwachsenen so enttäuscht zu werden wie sie selbst.

Martina ahnte natürlich, dass es in allen Familien Probleme und Geheimnisse gab. Max war einmal rausgerutscht, dass er als Kind von seinem Vater eine Ohrfeige bekommen hatte. Doch als Martina am nächsten Tag nachfragte, wurde er wütend. Behauptete, sie hätte seine Bemerkung missverstanden, und riet ihr, weniger zu trinken.

Das Gejohle ihrer Freunde wird immer lauter, und schließlich kommen sie aus dem Bad. Max sieht vollkommen bescheuert aus. Liv hat ihm den Schädel fast kahl rasiert. Nur in der Mitte hat sie einen ungleichmäßigen Streifen stehen lassen. Martina zwingt sich mitzulachen. Sie merkt, dass Max sich entspannt und froh darüber ist. Er legt den Arm um sie. Da wird ihr warm.

»Den Rest rasiere ich morgen ab«, flüstert er ihr ins Ohr.

In seinem Tonfall schwingt etwas Versöhnliches mit.

»Mach, was du willst«, flüstert sie zurück. »Für mich bist du sowieso der Schönste auf der Welt.«

Liv will gerade würfeln, als es an der Tür klingelt.

»Das Catering.« Max steht auf. »Während die Leute hier den Tisch decken, gehen wir nach oben.«

Martina macht mit ihrem Smartphone ein Foto vom Spielbrett, bevor sie und Liv das Spiel zusammenräumen und damit die Treppe raufgehen. Sie reden kein Wort miteinander. Auch das ist Martina in letzter Zeit aufgefallen: In Gesellschaft der Jungs kommen sie und Liv besser miteinander aus. Da geben sie sich Mühe. Machen Scherze. Haben Spaß. Zu zweit werden sie ein wenig steif. Im Grunde haben sie sich wahrscheinlich auseinanderentwickelt. Wehmütig denkt Martina an früher zurück. Damals war alles einfacher. Nun hat sie meistens das Gefühl, dass Liv ihr aus dem Weg geht. Als ob sie ihr etwas verheimlichen würde.

Das Zimmer im Obergeschoss hat ebenfalls große Fenster zum Wasser, aber die Elternparty sieht man von dort aus nicht ganz so gut.

Auf dem Fußboden liegt ein Teppich, der Max zufolge 350.000 Kronen gekostet hat. Da man mit hohen Absätzen nicht gut darauf gehen kann, würde Martina es gerne genauso machen wie Liv und einfach barfuß laufen, aber ohne hohe Absätze mag sie ihre Beine nicht. Sie sehen dann dicker und kürzer aus, und heute Abend ist es ihr wirklich wichtig, dass Max sie schön findet.

Mithilfe des Fotos bauen sie das Spiel wieder auf, und als die Jungs raufkommen, spielen sie sofort weiter. Anton ist dran. Zwei Dreien.

»Pflicht«, sagt er. Martina sieht, wie er Max zuzwinkert.

Sie begreift, dass die beiden etwas geplant haben. Und dass es etwas mit Liv zu tun hat. Doch als Max den Mund öffnet, fällt Liv ihm ins Wort.

»Wir haben den Champagner unten vergessen«, sagt sie. »Ich gehe ihn schnell holen.«

»Nein«, sagt Max entschieden. »Anton. Du hast den Auftrag, zwei Flaschen aus dem Weinkeller meines Vaters zu holen. Nimm was richtig Teures. Ja keine Katzenpisse. Es darf nichts unter 10.000 Kronen sein.«

»Aber ...«, protestiert Anton.

»Ich bin noch nicht fertig«, sagt Max. »Wenn du dir bei den Preisen unsicher bist, musst du googeln. Bring die beiden Flaschen mit hoch. Dann erkläre ich dir, wie es weitergeht.«

Anton steht auf. Trottet davon. Er ist ganz offensichtlich enttäuscht, weil er lieber mit Liv geknutscht hätte. Während sie auf ihn warten, nimmt Liv die

Wodkaflasche vom Tisch und gibt sie herum. Martina trinkt einen großen Schluck, während Liv Max von einem Computerspiel erzählt, das ihr gut gefällt. Er hört interessiert zu, und Martina verspürt einen Anflug von Eifersucht. Liv bringt Max zum Lachen, und vor allem bringt sie ihn dazu, ihr zuzuhören, was ihr selbst in diesem Ausmaß noch nie gelungen ist. Vor allem nicht in letzter Zeit. Martina versteht nicht, wie Liv das macht.

Sie versucht, sich einzuklinken, merkt aber, dass das Gespräch sofort ins Stocken gerät. Schweigend sitzen sie da, bis Anton zurückkommt.

»Welcher ist teurer?«, fragt Max.

»Dieser.« Anton hält die Flasche in seiner rechten Hand hoch.

»Schütt sie aus.«

Martina beobachtet Anton, der unsicher wirkt.

»Ich soll sie ausschütten?«

»Ja. Auf den Teppich.«

»Aber dein Vater wird stinksauer auf mich sein. Was, wenn er rausfindet, dass ich es war?«

Max steht auf.

»Wir schieben das Sofa zur Seite, leeren die Weinflasche aus, und dann stellen wir das Sofa wieder drüber. Niemand wird was merken.«

Anton sieht immer noch skeptisch aus, wofür Martina vollstes Verständnis hat. Max geht ins Erdgeschoss und holt einen Korkenzieher. Als er wieder oben ist, reißt er die Flaschen an sich und öffnet sie. Er fordert Martina und Liv auf, das Sofa an der Rückenlehne zu packen und nach hinten zu kippen.

»Jetzt gieß den Mist aus«, sagt Max gereizt und trinkt einen Schluck aus der anderen Weinflasche. Anton nickt, geht zum Sofa und schüttet den Wein auf den Teppich. Plötzlich hält er inne. Anstatt den Inhalt einfach auszuschütten, bückt er sich und malt mit dem Rotwein einen Penis.

Max lacht.

»Gut!«

Mit neu erwachtem Selbstvertrauen und gestärkt von Max' Lob macht Anton weiter. Der Wein wird von dem dicken Teppich rasch aufgesogen.

Martina und Liv lassen das Sofa los, sodass es krachend wieder auf die vorderen Beine fällt. Es ist nichts zu sehen. So einfach ist es also, eine Sünde zu vertuschen.

»Wer ist jetzt dran?«

»Ich noch mal.«

Anton nimmt die Würfel in die Hand. Lässt sie über das Spielbrett kullern. Geht mit seiner Figur drei Felder vor. Auch diese Straße gehört Max, und hier steht sogar ein Hotel.

Max und Anton sehen sich wissend an. Jetzt, denkt Martina, wird Max ihn auffordern, mit Liv zu knutschen. Aber es kommt anders. Max zeigt nach unten, wo die Cateringfirma das Essen vorbereitet.

»Du hast doch gesagt, dass du das Schlitzauge da unten hübsch findest, oder?«

»Ja, und?«

Max wartet einen Moment. Zieht das Ganze in die Länge.

»Geh runter und sag ihr, du müsstest unter vier Augen mit ihr reden. Und dann fragst du sie, was ein Blowjob kostet.«

Martina rechnet damit, dass Anton aufbegehrt, doch der lacht stattdessen lauthals. Das war ja klar.

»Mann, bist du gestört«, sagt er anerkennend.

Martina will den beiden sagen, dass das zu weit geht, und versucht daher, Augenkontakt zu Liv zu finden. Aber Liv hält den Blick gesenkt. Martina öffnet den Mund, schluckt die Worte jedoch wieder runter. Die anderen würden sie langweilig finden. Außerdem will sie nicht diejenige sein, die die gute Stimmung kaputtmacht. Anton geht die Treppe runter, und Martina stellt sich ans Fenster und sieht zum anderen Haus rüber. Da unten, neben einem der Stützpfeiler des Hauses von Antons Eltern, steht Karl, ihr Vater, und raucht eine Zigarre.

Neben ihm steht Nicole.

Antons Mutter.

Martina sieht, wie ihr Vater sich hastig umschaut, bevor er sie an sich zieht und küsst. Panisch schnappt Martina nach Luft, als sie im Augenwinkel Liv zum Fenster kommen sieht.

3.

Die Treppe knarrt unter Antons Füßen. Er bewegt sich langsam vorwärts, voller Widerwillen gegen seinen Auftrag. Er weiß jedoch, dass er sich auf keinen Fall drücken darf. Die drei da oben sind die einzigen Menschen, die ihm wirklich etwas bedeuten und von denen er weiß, dass sie ihn lieben. Und so schlimm ist es ja nun auch wieder nicht. Die Frau da unten hat bestimmt schon mal schamlose Angebote erhalten. Von alten Säcken. Hässlichen alten Säcken mit Wampe und Hämorrhoiden. Im Gegensatz zu denen ist er doch ein Glücksfall. Wer weiß? Vielleicht freut sie sich und verdient sich gerne etwas dazu. Er hört Geschirr klappern und Stimmen, die sich in einer fremden Sprache unterhalten, während alles vorbereitet und der Tisch gedeckt wird. Auf der untersten Treppenstufe bleibt Anton vor einem Foto von Familie Ludwigsson stehen.

Die vier Kinder und ihre Eltern sind vor untergehender Sonne an einem Strand aufgereiht, alle in Badesachen.

Anton blickt sofort auf Max. Er ist so dünn, seine Rippen treten deutlich hervor, und die Haut scheint zu spannen. Sein Bruder Johan hat den Arm um ihn gelegt. Sie schauen ernst in die Kamera. Max kann auf dem Foto höchstens fünf Jahre alt sein. Anton und er waren schon damals beste Freunde. Anton meint sich zu erinnern, dass Familie Ludwigsson auf Mallorca war.

Anton geht näher an das Bild heran, weil er das Gefühl hat, irgendetwas, das er nicht genau benennen kann, stimmt nicht damit.

Er hört Schritte, und jemand bleibt vor ihm stehen. Es ist die Frau, die er nach dem Preis eines Blowjobs fragen soll. Sie lächelt ihn freundlich an, und er lächelt zurück.

»Wir sind gleich fertig, habt ihr Hunger?«, fragt sie.

»Ich muss nur schnell auf die Toilette.« Er zwängt sich an ihr vorbei.

Anton schließt die Tür ab. Klappt den Toilettendeckel runter und setzt sich. Beugt sich vor und stützt die Ellbogen auf den Oberschenkeln ab. Holt einige Male tief Luft. Er will es wirklich nicht tun, aber er weiß, dass er es tun muss. Wer wäre er sonst? Das Essen riecht köstlich. Er sieht das Lächeln der jungen Frau noch vor sich, sie ist süß und macht einen netten Eindruck. Es ist bestimmt nicht so toll, an Silvester arbeiten zu müssen. Wahrscheinlich wäre sie auch lieber bei ihren Freunden zu Hause. Wo sie wohl wohnt? Wahrscheinlich in einem der Ausländerghettos: Rinkeby, Tensta, Hjulsta oder Akalla. Irgendwo an der blauen U-Bahnlinie, dem sogenannten Orientexpress. Vielleicht ist ihr Freund ein Krimineller, der Rache nimmt, wenn er erfährt, was Anton zu ihr gesagt hat.

Soll er wieder rauf zu den anderen gehen und behaupten, er hätte seinen Auftrag ausgeführt? Sie werden es ja wohl kaum überprüfen. Vielleicht sollte er sich etwas ausdenken. Er könnte zum Beispiel sagen, sie hätte das Ganze als Scherz aufgefasst und herzlich gelacht. Nein, dann würden sie gleich merken, dass er lügt. Normalerweise kann er gut lügen, aber ihnen gegenüber nicht. Sie durchschauen ihn sofort. Als wäre er ein Aquarium, in dem die Gefühle wie farbenfrohe Fische herumschwimmen. So ist es schon immer gewesen.

Der Foodora-Bote, zu dem er so gemein war, fällt ihm wieder ein. Verdammt überflüssig, denkt er. Bei Glätte kann doch jeder mal mit dem Fahrrad stürzen.

Anton zieht das Handy aus der Hosentasche und überweist das Geld mit einem großzügigen Trinkgeld zum zweiten Mal. In die Mitteilungszeile schreibt er: *Frohes neues Jahr.*

Er steht auf und schließt mit schweißnassen Händen die Badezimmertür auf.

Die Gerüche der Köstlichkeiten im Esszimmer werden immer intensiver. Auf einer Platte liegen zwei große Hummer. Rinderfilets. Salate. Soßen. Natürlich viel zu viel Essen für vier Personen. Drei junge Frauen wärmen die Gerichte auf und servieren sie. Aus irgendeinem Grund ist er erleichtert, dass außer ihm kein Mann anwesend ist.

Anton richtet sich zu voller Größe auf.

Streckt die Brust raus und geht auf die Frau zu.

»Ja?« Sie sieht ihn freundlich an.

»Ich möchte mit Ihnen reden«, sagt er barsch.

»Stimmt was nicht?«, fragt sie. Ihr Lächeln ist ein wenig schmaler geworden.

Die anderen beiden haben aufgehört zu arbeiten.

»Würden Sie bitte mitkommen?«

Jetzt ist es totenstill, die junge Frau wirft ihren Kolleginnen einen unsicheren Blick zu, zuckt mit den Schultern und folgt ihm in den Eingangsbereich. Anton aktiviert unauffällig die Aufnahmefunktion seines Smartphones.

Am Fuß der Treppe bleibt er stehen, direkt vor dem Foto von Familie Ludwigsson. Er räuspert sich. Sie ist einen Kopf kleiner als er und blickt freundlich zu ihm hoch.

»Was würde ein Blowjob kosten?«

Einen Moment lang sieht es so aus, als wollte sie ihn ohrfeigen.

»Entschuldigung, was haben Sie gesagt?«

»Ein Blowjob. Ich will, dass Sie mir einen blasen.«

Sie macht ein trauriges Gesicht. Wirkt gedemütigt. Sie öffnet den Mund, um etwas zu sagen, aber Anton wird nie erfahren, was sie darauf erwidern wollte. Ihr bleibt die Luft weg. Sie dreht sich um und geht mit schnellen Schritten zurück in die Küche. Er stoppt die Aufnahme. Starrt ihr mit leerem Blick hinterher. Mission erfüllt.

Als Anton wieder ins Obergeschoss kommt, hat sich die Stimmung verändert. Er hat damit gerechnet, dass die anderen aufgedreht und gespannt sein würden, aber als er ihnen die Audiodatei vorspielt, erfolgt keine Reaktion. Es muss etwas vorgefallen sein. Anton hat aber keine Ahnung, was. Er versucht, die Mienen der anderen zu deuten, aber schafft es nicht.

Er trinkt einige große Schlucke aus der Weinflasche und stellt sie wieder auf den Tisch.

»Sie schien jedenfalls ganz versessen darauf zu sein«, sagt er lachend. »Aber wer wäre das nicht?«

Nicht einmal Max grinst. Stattdessen wird es still.

»Ist was passiert?«, fragt er.

»Nein.« Liv schüttelt den Kopf.

»Sind die bald fertig? Ich bekomme langsam Hunger«, sagt Martina.

Max liegt mit einer Weinflasche im Arm auf dem Sofa. Während Anton weg war, hat er eine neue geholt. Trotz Antons Auftrag wirkt Max total gelangweilt.

»Wir müssen die Einsätze noch mal erhöhen«, sagt Max.

In diesem Augenblick wird Anton klar, was ihn vorhin an dem Familienfoto irritiert hat.

Max sagt etwas, aber Anton hört ihm ausnahmsweise nicht zu.

Anton hat Max mit fünfzehn oder sechzehn zum ersten Mal in einer Badehose gesehen. Am Sportunterricht musste Max fast nie teilnehmen, und wenn, dann hat er die Stunde danach geschwänzt, um zum

Duschen nach Hause zu gehen. Angeblich fand er die Duschräume eklig. Er hat nie gebadet. Egal, wie heiß es war, Max blieb immer am Strand oder auf dem Steg sitzen.

Anton hört die Würfel über die Tischplatte kullern. Kehrt in die Gegenwart zurück. Lässt die Erinnerungen wieder in den Hintergrund treten. Martina beugt sich vor und zieht mit ihrer Spielfigur.

Stöhnt entnervt, als sie auf dem Gehe-in-das-Gefängnis-Feld landet.

»Knutsch mit Anton«, sagt Max.

Das hat Max also mit den erhöhten Einsätzen gemeint. Martina schaut ihn als, als hätte sie sich verhört.

»Mit Anton? Was meinst du damit?«

»Knutschen. Mit. Anton.«

Max klingt verärgert. Er redet wie mit einem bockigen Kind.

»Aber …«, beginnt Martina, verstummt aber, als Max die Augen verdreht.

Anton ist verunsichert. Martina ist die Freundin seines besten Freundes, und der will, dass sie sich küssen. Es fühlt sich im ganzen Körper falsch und seltsam an, und gleichzeitig erregt es ihn. Natürlich möchte er mit Martina knutschen. Will das nicht jeder?

»Bitte, Martina, jetzt sei nicht so verkrampft und langweilig«, sagt Max. »Du hast doch Lust dazu, oder Anton? Ist doch keine große Sache.«

Anton blickt auf seine Hände und zuckt mit den

Schultern. Versucht, sich nicht anmerken zu lassen, wie nervös er ist.

Martina nimmt Max die Weinflasche weg, legt den Kopf in den Nacken und trinkt einen großen Schluck. Dann geht sie zu Anton rüber, der im Sessel sitzt. Sie setzt sich rittlings auf seinen Schoß. Lehnt sich vor und presst ihre Zunge in seinen Mund. Anton wird schwindlig. Ihre Nähe und der Alkoholgeschmack ihres Speichels lassen das Blut in seinen Penis schießen.

»Fass sie an«, sagt Max. »Fass ihre Brüste an.«

Anton zögert einen Moment, bevor er tut, was Max sagt. Er bewegt die Hände von der Taille zu ihren Brüsten und legt sie darauf. Seine Erregung steigert sich. Martina schiebt die Zunge noch tiefer in seinen Mund und lässt sie immer schneller kreisen. Will sie ihm damit beweisen, dass sie Spaß daran hat? Oder will sie Max eifersüchtig machen? Anton erwidert ihre Küsse immer leidenschaftlicher. Plötzlich verschwindet die Zunge, es bleibt nur Leere. Martina wendet das Gesicht ab, steigt von ihm herunter, streicht ihr Kleid glatt und geht wieder zu ihrem Platz.

Er fragt sich, wie lange der Kuss gedauert hat.

Es könnten zehn Sekunden gewesen sein. Oder zehn Minuten.

Anton wirft einen verstohlenen Seitenblick in Livs Richtung. Er möchte wissen, wie sie reagiert hat. Doch ihr Gesicht ist ausdruckslos. Leer. Er kennt keinen Menschen, der so schwer zu durchschauen ist wie Liv. Obwohl er so viele Stunden, ja, Jahre damit verbracht hat, es zu versuchen.

Er weiß über ihre Wohnung in Gärdet Bescheid, und als er Max davon erzählt hat, musste er einfach hinzufügen, sie sei in Begleitung eines älteren Mannes gewesen, um sich dafür zu rechtfertigen, dass er ihr gefolgt war. Damit es nachvollziehbarer wurde. Er hat lange über die Frage nachgedacht, warum er den anderen eigentlich nicht davon erzählt hat. Es ist merkwürdig und vollkommen unerklärlich, aber aus irgendeinem Grund will er sie nicht verraten. In ihr ist etwas kaputtgegangen, ein Stück fehlt, und er sehnt sich fast ununterbrochen danach, derjenige zu sein, der sie wieder ganz macht. Insgeheim weiß er, dass sie sich für Max interessiert. Die Eifersucht, die sie hin und wieder überkommt, ist kaum zu übersehen. Aber bis zum letzten Sommer war er sich sicher, dass Max nicht das geringste Interesse an ihr hatte.

Anton stand am Fenster und sah die beiden ins Wasser gehen, schwimmen und lachen. Sie verhielten sich so entspannt, wie er es weder in Livs noch in der Gegenwart irgendeines anderen Mädchens je gewesen war. Anscheinend waren sie zwei völlig andere Menschen als die, die er kannte, wenn sie zusammen waren.

Und dann sah er, wie in Zeitlupe, wie Max sich vorbeugte und sie küsste. Wie sie seinen Kuss zärtlich erwiderte, bevor sie weiterschwamm.

Genau wie eben, als er Martina geküsst hat, hätte er nicht sagen können, wie lange der Kuss dauerte.

Er ist sich sicher, dass Martina nichts von Liv und Max weiß.

Vielleicht, denkt Anton, wollte Max auf diese Weise sein schlechtes Gewissen beruhigen. Jetzt sind sie quitt.

Während Anton in seine Gedanken versunken war, ist das Spiel weitergegangen. Liv ist an der Reihe. Anton hat verpasst, was ihr aufgetragen wurde, sieht sie aber mit Max im Schlepptau nach unten gehen.

Anton und Martina bleiben sitzen, ohne sich anzublicken.

Stumm.

Verlegen.

Er hebt die Weinflasche und sagt »Skål«. Sie nimmt die zweite Flasche in die Hand und prostet ihm lustlos zu. Anton fragt sich, ob sie sich vor ihm ekelt. Vielleicht hat er Mundgeruch. Im nächsten Augenblick überlegt er, ob Max und Liv sich im Erdgeschoss küssen. Und zum ersten Mal im Leben möchte er Martina erzählen, was er an jenem warmen Sommerabend beobachtet hat. Genau wie alle anderen weiß Max, dass Anton in Liv verliebt ist. Und trotzdem musste er sie auch noch haben. Dabei hat er doch Martina.

Als Anton aufblickt, sieht er, dass Martina sich eine Träne vom Gesicht wischt. In ihrem Make-up hat sie einen hellen Streifen hinterlassen.

»Was ist?«, fragt er.

»Nichts«, sagt sie.

Einen Moment lang glaubt er, sie wüsste auch Bescheid. Er wünschte, es wäre so.

»Deine Mutter ...«, sagt sie, verstummt aber, als jemand die Treppe raufkommt.

Dann steht Max vor ihnen.

»Sie sind jetzt weg, wir können essen. Räumt das Spiel zusammen und bringt es mit nach unten, nach dem Essen spielen wir weiter.«

Er dreht sich um und verschwindet.

»Was wolltest du sagen?«, fragt Anton nach einer Weile.

»Nichts.«

»Aber ...«

»Nichts! Hörst du schlecht?«

Martina starrt ihn wütend an. Anton rappelt sich hoch und geht auf wackligen Beinen zum Fenster. Schaut zu seinem Elternhaus hinüber. Dort stehen zwei rauchende Schatten an den Stelzen des Hauses.

Hinter ihm hat Martina inzwischen das Spielbrett fotografiert und die Figuren eingepackt. Anton denkt daran, wie riskant es ist, dort zu stehen, wo ihre Eltern jetzt stehen. Er fragt sich, ob sein Vater den anderen erzählt hat, dass die Pfeiler allmählich morsch werden. Eine Reparatur können sie sich momentan jedoch nicht leisten. Im Vertrauen und bis obenhin mit teurem Whiskey abgefüllt hat sein Vater ihm verraten, dass es seiner Maklerfirma nicht gut geht. Sie stehen kurz vorm Bankrott. Er hat ihm das Versprechen abgerungen, den anderen nichts davon zu sagen. Vor allem Antons Mutter nicht. Anstelle von Mitgefühl hat Anton für seinen Vater nur noch Verachtung und Ekel übrig.

Sein Vater hat sich immer mit seiner Cleverness und Tüchtigkeit gebrüstet. Hat sich als den besten Immobilienmakler Schwedens bezeichnet. Hat behauptet, er könnte Eskimos Schnee andrehen. Und jetzt? Kann er sich noch nicht einmal die Instandhaltung seines eigenen Hauses leisten. Vielleicht müssen sie nächsten Sommer aus Skurusund wegziehen. Wenn die Lage sich nicht bald bessert, werden sie sich eventuell sogar mit einer Wohnung begnügen müssen.

Anton würde lieber sterben, als jemandem davon erzählen. Nicht einmal seinen besten Freunden würde er es anvertrauen.

TEIL II

4.

Das Essen schmeckt ausgezeichnet. Liv verzichtet freiwillig auf viele Dinge, aber Essen gehört nicht dazu. Essen kann sie genießen. Sie ist nicht wie Martina, die sich nach jeder Mahlzeit lächelnd ins Bad zurückzieht und sich heimlich einen Finger in den Hals steckt. Anfangs hat Liv versucht, mit ihr darüber zu reden, aber inzwischen hat sie akzeptiert, dass Martina das macht.

Sie kann nur hoffen, dass ihre beste Freundin eines Tages aufhört, sich innerlich zu ersticken.

Max, der mit einer Stoffserviette im Kragen an der Längsseite des Tisches sitzt, hebt sein Glas.

»Auf euch, beste Freunde, und auf das großartige Jahr, das vor uns liegt.«

Die anderen heben ebenfalls ihre Gläser. Während des Essens schweigen sie. Liv wirft einen Blick zu Martina hinüber, die mit ihrer Gabel in einem Hummer herumstochert. Ein klitzekleines Stück weißes Hummerfleisch spießt sie auf. Steckt es sich in den Mund. Und kaut mit leerem Blick darauf herum.

Liv weiß, dass sie an das denkt, was sie vor einer Weile vom Fenster aus beobachtet hat. Sie denkt an Martinas Reaktion. Nicht auf den Vorfall an sich, sondern darauf, dass Liv es auch mitbekommen hat. Martina ist es wichtig, was andere über sie und ihre

Familie denken. Die Fassade spielt eine große Rolle für sie. Deshalb ist sie jetzt bedrückt.

Dabei wusste Liv längst, dass Martinas Vater mit anderen Frauen schläft.

An den Abenden in der Stadt besucht Liv oft ein verstecktes Chinarestaurant in der Nähe des Karlaplans. Sie geht dorthin, um etwas zu trinken und zu zeichnen, manchmal liest sie auch Romane, die sie sofort wieder vergisst. Immer sind es Bücher von wütenden jungen Frauen.

Einmal saß sie an ihrem gewohnten Tisch in der Nähe des Tresens. Von dort hat sie das ganze Lokal im Blick. Karl kam in Gesellschaft einer jungen Frau herein, die nur ein paar Jahre älter als Martina und Liv gewesen sein kann. Sie tranken und lachten zusammen. Als der Kellner fragte, ob sie etwas zu essen bestellen wollten, schickten sie ihn unfreundlich weg. Nach einer guten Stunde verschwanden sie ausgelassen und eng umschlungen in der Novembernacht.

Als Martina und Liv vorhin nebeneinander am Fenster standen und sahen, wie Karl Antons Mutter küsste, brach Liv das Schweigen.

»Scheusal«, sagte sie nur.

Im ersten Moment schien Martina protestieren zu wollen, aber sie machte den Mund nicht auf. Sie bat Liv noch nicht einmal, das Geheimnis für sich zu behalten. Sie weiß, wie gut Liv Dinge für sich behalten kann. Es gibt kein Geheimnis, das für Livs schmalen Körper zu groß ist.

Liv fühlt plötzlich, wie sie wütend wird, und umklammert ihr Weinglas so fest, dass der Fuß abbricht. Die anderen blicken verwundert von ihren Tellern auf und betrachten das Blut, das von ihrer Hand auf die weiße Tischdecke tropft.

Es ist nur ein Kratzer, das merkt sie sofort.

»Was ist los?«, fragt Anton erstaunt.

Aber Liv kann sich nicht dazu durchringen, die Frage zu beantworten. Max zieht sich ruckartig die Serviette aus dem Kragen, eilt zu ihr, drückt den Stoff auf die verletzte Hand und schiebt Liv zum Badezimmer. Anton und Martina schauen den beiden mit großen Augen nach.

Er macht das Licht an, drückt Liv auf den Toilettendeckel runter und öffnet einen Schrank.

»Tut es weh?«, fragt er besorgt, während er in dem Badezimmerschrank kramt.

»Nicht besonders.«

Nach einer Weile hat die Wunde aufgehört zu bluten, die weiße Serviette ist voller roter Flecken. Max tropft eine brennende Flüssigkeit auf Livs Hand und inspiziert den Schnitt mit ernstem Blick, bevor er ein großes Pflaster draufklebt. Liv kommt sich albern vor, ist aber gleichzeitig glücklich darüber, mit ihm allein zu sein, und genießt seine Fürsorglichkeit.

Als er fertig ist, setzt er sich auf den Fußboden und lehnt sich mit dem Rücken an die Wand. Sie sehen sich an, ohne etwas zu sagen. Max streckt die Hand aus und legt sie auf ihr nacktes Knie. Seine Hand liegt reglos da. Die Berührung ist elektrisierend. Sie will, und gleichzeitig will sie nicht, dass die Hand ihren Oberschenkel hinaufwandert.

Doch nichts geschieht.

Schließlich steht Max auf und öffnet die Tür.

Als Liv und Max an den Tisch zurückkehren, versuchen sie zunächst weiterzuessen, aber das Fünkchen festlicher Stimmung, das zuvor noch da war, ist wie weggeblasen. Nach einer Weile fragt Anton, ob sie nicht lieber trinken und wieder spielen sollen.

Sie stehen auf und lassen Teller, Gläser und Unmengen von Essensresten auf dem Tisch stehen. Martina entschuldigt sich und verschwindet schleunigst auf der Toilette. Liv wirft verstohlen einen Blick in Max' Richtung, um herauszufinden, ob ihm klar ist, was vor sich geht, aber er unterhält sich unbekümmert mit Anton, während die beiden das Spiel wieder aufbauen.

Liv geht zum Fenster und beobachtet die Party im Nachbarhaus. Der Mann, der sie vergewaltigt hat, unterhält sich gerade mit Karl, Martinas Vater. Sie fragt sich, worüber sie reden. Sie scheinen sich gut zu amüsieren, sehen aus wie zwei ganz normale Männer, die sich Anekdoten erzählen, und schlagartig wird Liv bewusst, dass sie genau das sind: normale Männer. Auf einmal ist sie unendlich traurig. Unauffällig nimmt sie eine weiße Tablette aus ihrer Handtasche und schluckt sie runter.

»Spielst du mit, Liv?«

Martina steckt sich ein Kaugummi in den Mund,

legt Max von hinten die Hände auf die Brust und küsst ihn auf die Wange.

»Ich komme.« Liv geht zurück an ihren Platz.

Als Liv gewürfelt hat und auf dem Valhallaväg gelandet ist, wo Anton soeben ein Hotel gebaut hat, sagt sie »Wahrheit«. Sie hat keine Lust auf irgendeinen kindischen Auftrag. Anton ist offensichtlich enttäuscht. Nachdenklich greift er nach seinem Glas.

»Wer hat dich entjungfert?«, fragt er.

Die anderen starren sie erwartungsvoll an. Martina hat sie erzählt, es sei ein Junge gewesen, den sie im Frankreichurlaub kennengelernt hat. Was hat sie Max erzählt? Sie weiß es nicht mehr. Verzweifelt versucht sie, ihre Lügen zu sortieren. Sie hat Nebel im Kopf. In ihrer Erinnerung wippt das Auto im Rhythmus der Stöße des Mannes, sie ist wund zwischen den Beinen, und der Kofferraum stinkt nach einer verfaulten Banane in einer Sporttasche.

»Jetzt antworte endlich!«, sagt Anton aggressiv. Lachend lehnt er sich zurück. »Oder war es ein Dreier? Hast du dich von zwei Typen gleichzeitig durchficken lassen?«

Liv spürt, wie ihre Augen anfangen zu brennen, und plötzlich läuft ihr eine Träne über die Wange. Vielleicht liegt es am Alkohol, vielleicht an der Tablette. Möglicherweise hat sie auch so viele Lügen in sich, dass das Fass jetzt überläuft. Sie weiß es nicht. Sie weiß nur, dass sie weint und nicht mehr aufhören kann. Die anderen starren sie erschrocken an.

»Du Arsch«, brüllt Martina Anton an.

Sie kommt zu Liv rüber, hockt sich neben sie und legt ihr beide Arme um die Taille.

»Was ist los? Liebste Liv, was ist denn?«

Liv wehrt die Umarmung ab und wischt sich hastig die Tränen ab. Fängt sich wieder.

»Nichts, ich bin anscheinend betrunken.«

»Möchtest du dich schminken?«

Liv muss innerlich grinsen. Martinas größte Sorge ist, dass Liv sich hässlich vorkommen könnte. Anstatt sie dafür zu hassen, tätschelt sie kopfschüttelnd Martinas Hand.

»Schon okay.«

Als sie sich wieder gefasst hat, tun alle so, als ob nichts passiert wäre. Als wäre nur ein kleiner Regenguss niedergegangen, der längst weitergezogen und strahlendem Sonnenschein gewichen ist.

»Ich nehme doch lieber Pflicht.« Liv trinkt ein paar große Schlucke Wodka. Niemand erhebt Einspruch, obwohl es gegen die Regeln ist.

Die Tablette wirkt schneller als die erste, der Raum dreht sich. Sie hat das Gefühl, ihr eigenes Herz im Brustkorb wummern zu hören. Bu-bumm. Bu-bumm.

»Hat jemand eine Idee?« Zögerlich sieht Anton sich um.

Max starrt Liv mit ausdruckslosem Gesicht an.

»Nimm dir einen der vielen Golfschläger meines Vaters, geh damit zu Antons Haus rüber und schlag die Scheinwerfer von einem Auto in der Einfahrt kaputt.«

»Da sind doch Kameras«, sagt Martina erschrocken.

»Nein, die funktionieren nicht mehr«, wirft Anton ein.

Wortlos steht Liv auf. Sie geht zur Golftasche im Eingangsbereich und zieht im Vorbeigehen wahllos einen Schläger raus. Draußen ist es kalt. Sie spürt den Wind auf ihrem Körper, als sie sich über die Grundstücksgrenze schleicht.

Hinter einem kahlen Strauch bleibt sie stehen und mustert die parkenden Autos. Dort steht der SUV, in dem sie vergewaltigt worden ist. Sie legt den Kopf in den Nacken, aus dem Fenster im oberen Stock hört sie Gelächter und Musik. Schatten von Menschen huschen vorüber.

Sie dreht sich um und sieht, wie sich ihre drei Freunde im Haus von Max' Eltern die Nasen an der Scheibe platt drücken.

Liv hebt den Schläger, lässt ihn aber wieder sinken. Zieht die hochhackigen Schuhe aus und stellt sie ein Stück weiter weg. Dann packt sie erneut den Schläger, schwingt ihn durch die Luft und knallt ihn auf die Heckscheibe, die krachend zu Bruch geht.

Sie springt einen Schritt zurück.

Einen Augenblick lang steht Liv da wie gelähmt und starrt in das dunkel klaffende Loch. Dann nimmt sie ihre Schuhe in die Hand und läuft zur Straße, um keine Spuren im Schnee zu hinterlassen.

Sie rechnet damit, dass die Musik ausgeht, dass

Leute schreien oder hinter ihr herrennen, aber nichts passiert.

Max hält ihr die Haustür auf, und sie stürzt atemlos ins Warme.

Angenehm lebendig.

Sie drückt Max den Golfschläger in die Hand, er stellt ihn wieder in die Tasche.

»Haben sie was bemerkt?«, fragt sie keuchend.

»Nein«, sagt Anton. »Vielleicht war die Musik zu laut. Oder sie sind zu voll.«

Sie setzten sich wieder. Martina holt ein Frotteehandtuch und wickelt es um Livs eiskalte Füße. Anton schüttelt die Würfel und will sie gerade auf die Tischplatte werfen, als er mitten in der Bewegung innehält.

Während er beide Hände in den Schoß sinken lässt, sieht er sie fragend an.

»Du, übrigens? Wieso hast du eigentlich das Auto deines Vaters demoliert?«

5.

Das Telefonat mit seinem Bruder geht Max immer noch durch den Kopf. Ein Teil von ihm möchte die anderen nach Hause schicken, damit er in Ruhe seinen Gedanken nachhängen kann. Er ist hin- und hergerissen. Auf der einen Seite freut er sich für Johan. Doch er ist auch beunruhigt. Johan hat immer gesagt, Max sei die wichtigste Person in seinem Leben. Das wird sich ändern. Bald wird es einen Menschen geben, den Johan mehr liebt als ihn und um den er sich mit all seiner Fürsorglichkeit kümmern wird.

»Max?«

Die Stimme reißt ihn aus seinen Gedanken. Er hebt den Blick. Die anderen starren ihn belustigt an.

»Der Norrmalmstorg gehört dir. Du darfst bestimmen, was Martina machen soll«, sagt Liv.

Er nickt zerstreut.

Denkt an Livs Schönheit. Am liebsten wäre es ihm, wenn nur sie hierbleiben würde. Er redet so gern mit ihr. Sie versteht ihn auf eine Weise, wie Martina es nie getan hat und auch niemals tun wird.

Um ein bisschen Zeit zu gewinnen, trinkt er einen Schluck aus seinem Glas, obwohl er bereits einen starken Rausch hat. Er schmeckt kaum noch etwas und hat keine Ahnung, was er trinkt, weiß nur, dass es Alkohol ist und er davon lockerer wird.

Ihm kommt eine Idee.

»Du hast doch immer gesagt, du fändest meine Mutter so schick.«

Martina sieht ihn ausdruckslos an. Einen Moment lang denkt er, dass sowohl sie als auch Anton ihm fremd sind – und dass er nur Liv wirklich kennt.

»Nimm eine Schere und zerschneide die fünf Kleidungsstücke, die dir am besten gefallen.«

Martina setzt sich aufrecht hin, sie wirkt empört.

»Wieso …«

»Weil das hier ein verdammtes Spiel ist und du tust, was ich sage!« Max hat sie in dem aggressiven Tonfall angeherrscht, den er so gut kennt und so sehr hasst. Er hat ihn von seinem Vater geerbt und sich geschworen, ihn nicht zu übernehmen. Trotzdem ist ihm bewusst, dass er ihn in sich trägt. Manchmal kann er diesen Ton nicht unterdrücken. So wie jetzt, wenn er ohne nachzudenken reagiert.

Martina verstummt augenblicklich, steht auf, geht um die Kücheninsel herum und zieht eine Schublade auf. Während sie sie die Treppe hinaufgehen hören, senken Liv und Anton den Blick. Anton leert vor Aufregung sein Weinglas. Schenkt es noch einmal voll.

Max ist wütend auf ihn, seit er Liv zum Weinen gebracht hat. Im Grunde hat Max in letzter Zeit gespürt, dass mit Liv etwas nicht stimmt. Er kann es nicht genau benennen. Er wünschte, er hätte den Mut, sie zu fragen, ahnt aber, dass es ihr nicht gefallen würde. Vielleicht würde es Distanz zwischen ihnen erzeugen. Liv ist der verschlossenste Mensch, den er kennt. Ihre gesamte Erscheinung ist von einer unsichtbaren Hülle umgeben, aber Max weiß genau, wann sie herausschlüpft.

Wie vorhin, als er im Badezimmer ihre Hand verarztet hat. Da saß die richtige Liv vor ihm. Zart. Verletzlich. Jetzt ist sie jemand anders: ein Roboter, der wie Liv aussieht.

»Was du vorhin gesagt hast, war echt überflüssig«, sagt Max leise. Er und Anton durchbohren sich gegenseitig mit Blicken. Dann wird Max lauter: »Du solltest endlich aufhören, so mit Liv zu reden. Das ist kindisch.«

Liv mischt sich ein.

»Mach dir keine Sorgen, Max. Ich bin mir sicher, dass er es nicht böse gemeint hat.«

Er sieht sie verwundert an. Er dachte, sie würde sich freuen, wenn er sie verteidigt. Vielleicht hat er sie falsch eingeschätzt, vielleicht ist sie genauso blöd im Kopf wie die beiden anderen.

»Okay, Anton, dann mach doch, was du willst. Nenn sie Hure, wenn es dir Spaß macht.«

Max steht so abrupt auf, dass sein Stuhl umfällt.

Zuerst will er hinauf in sein Zimmer gehen, aber da Martina dort oben ist, läuft er stattdessen in den Keller. Er geht in die Sauna, die noch an ist, und setzt sich auf die obere Bank. Beugt den Oberkörper vor und lässt den Kopf hängen. Schweißtropfen fallen auf die

Holzleisten. Er knöpft sich das Hemd bis zum Bauch auf, zerrt genervt an der Fliege und wirft sie auf den Saunaofen.

Bedeckt das Gesicht mit den Händen.

Johan hat die Beziehung zu seinem Vater und seinen Platz als dessen Liebling geopfert, um Max zu verteidigen. Johan war der Einzige, der es gewagt hat, gegen die Misshandlungen des Vaters aufzubegehren. Der zurückgeschlagen hat. So fest, so zornig, dass er den Tyrannen ausgeknockt hat. Vor den Augen der restlichen Familie. Der nach London gegangen ist. In die Freiheit. In seinen Tagträumen hat Max sich immer ausgemalt, in Johans Nähe zu ziehen und dort irgendeinen Job anzunehmen, Hauptsache, weg vom Vater. So haben Johan und er es seit Jahren geplant. Und jetzt? Ist in Johans Leben überhaupt noch Platz für Max? Auch wenn Max einsam war und sich vom Rest der Familie ausgestoßen fühlte, wusste er wenigstens immer, dass Johan auf ihn wartete. Geschlagen hat der Vater sie zwar alle. Kaltblütig, systematisch und gnadenlos. Aber Johan und er haben immer am meisten Prügel abbekommen. Und seit Johan mit dem Vater gebrochen hat, trifft es Max noch härter. Bis zum heutigen Tag. Er schämt sich, weil er sich nicht traut zurückzuschlagen. Er wünscht, er wäre so mutig wie Johan.

»Alles okay?«

Niemand kann sich so lautlos bewegen wie Liv, niemand so traurig eine Tür öffnen.

Max öffnet den Mund, um entweder zu lügen und zu behaupten, es wäre alles in Ordnung, oder eine scherzhafte Bemerkung zu machen, aber auf einmal kann er nicht mehr.

»Mann, ist das heiß hier.« Sie kauert sich dicht neben ihn. Er fühlt, wie der Schweiß, der sein Hemd durchnässt hat, an ihrem nackten Arm klebt. Sie legt den Arm um ihn, zieht sanft, aber bestimmt seinen Kopf auf ihren Schoß und streicht ihm mütterlich über den ungleichmäßig rasierten Kopf.

»Mein kleiner Mohikaner.« Sie lächelt traurig. Schluchzend bohrt Max seine Nase in den schwarzen Stoff.

Sie sitzen eine Weile so da, bis er das Gesicht nach oben wendet und blinzelnd ihren Hals und ihr Kinn anschaut. Er wischt sich die Tränen ab, nicht, weil er sich für sie schämt, sondern weil er nicht mehr weinen muss.

»Was willst du nach der Schule machen?«, fragt er.

Seine Stimme klingt heiser, als ob die heiße Luft sie ausgetrocknet hätte.

Sie zuckt kurz mit den Schultern, aber Max merkt, dass die Bewegung etwas Einstudiertes hat und im Grunde etwas anderes dahintersteckt.

»Natürlich weißt du, was du machen willst.«

»Stimmt.«

»Können wir nicht zusammen nach London gehen, du und ich?«

»Nur du und ich?«, fragt Liv. In ihrer Stimme

schwingt Misstrauen mit. Sie wirkt wie ein Tier, das eine Falle wittert.

»Ja.«

»Wir haben immer alles zu viert gemacht.« Sie zeigt Richtung Decke.

»Immer«, wiederholt Max. »Ich weiß aber nicht mehr, warum.«

»Weil wir am kaputtesten waren. Von außen betrachtet sind wir intakt und sauber, aber hier drinnen traurig und verletzt.«

Sie legt sich die Hand auf das Herz, was in Max' Augen gar nicht zu ihr passt.

»Wir reden aber nie darüber, nicht mal untereinander.«

Liv nickt nachdenklich.

»Nein, aber wir wissen Bescheid. Und was wir nicht wissen, ahnen wir. Dass Antons Familie pleite ist oder Martinas Mutter säuft. Oder …

»… dass mein Vater mich und meine Geschwister schlägt«, fügt Max hinzu. »Ich habe allerdings nie verstanden, wieso du so kaputt bist, obwohl ich weiß, dass du es bist.«

Livs Lippen werden schmal wie ein Strich. Max und sie sehen sich an. Er will sie nicht unter Druck setzen.

»Was willst du nach der Schule machen?«

»Ich will weg, aber ich weiß noch nicht, wohin.«

»Und ich darf nicht mitkommen?«

Sie schüttelt bedauernd den Kopf.

»Ich will alleine reisen. Du bist zwar ein guter Freund, aber du erinnerst mich zu sehr an – all das hier.«

Max gibt sich mit der Antwort zufrieden. Er weiß, was sie meint.

»Ich habe mir heimlich eine Wohnung in der Stadt gemietet«, sagt sie plötzlich. »Da hat Anton mich gesehen. Es war kein Typ bei mir.«

»Was machst du dort?«

»Einfach meine Ruhe haben. Zeichnen, Bücher lesen, Serien schauen. Abends gehe ich manchmal in irgendein Restaurant, um unter Menschen allein zu sein.«

Sie hören eine Tür aufgehen. Max setzt sich aufrecht hin und rückt ein Stück von Liv ab. Im nächsten Moment taucht hinter der Scheibe Martinas Umriss auf. Sie öffnet die Tür und sieht sie argwöhnisch an.

»Was macht ihr hier?«

»Reden«, sagt Max.

»Worüber?«

Blitzschnell blickt sie zwischen den beiden hin und her.

»Alles Mögliche.«

Martina zieht ihr Smartphone aus der Tasche und zeigt ihnen das Display. Scrollt sich durch die Fotos der zerschnittenen Kleidungsstücke von Max' Mutter. Keiner sagt etwas. Max denkt, der Auftrag, ach ja, das Spiel. Der ganze Abend erscheint ihm kindisch. Sinnlos. Während sie die Treppe raufgehen, ärgert er sich, dass er Liv nicht nach dem Kuss im vergangenen Sommer gefragt hat. Er hätte sie fragen sollen, was der Kuss zu bedeuten hatte und ob er wirklich stattgefunden hat oder eine Ausgeburt seines Alkohol- und Drogenkonsums war. In gewisser Weise wäre er froh, wenn er nicht stattgefunden hätte. Dann bräuchte er Martina gegenüber keine Gewissensbisse zu haben. Aber wenn es wirklich passiert wäre, würde das neue Möglichkeiten für eine Beziehung mit Liv eröffnen. Er wird weder aus seinen eigenen Gefühlen für sie noch aus ihren Gefühlen für ihn schlau. Er weiß jedoch, dass er mit ihr über Dinge sprechen kann, über die er sonst mit niemandem zu reden wagt. Ihr kann er Gefühle und Seiten von sich zeigen, die er anderen im Traum nicht zeigen würde. Anton ist in einem der Sessel versunken. Sein Blick wirkt vom Wodka glasig und trübe. Nervös betrachtet er Max.

»Komm.« Max zieht den Freund mit auf die Terrasse.

Anton tappt hinter ihm her.

Max denkt, dass er sich bei seinem Freund für den Wutausbruch entschuldigen muss. Nicht, weil er seine Meinung geändert hätte, sondern weil er weiß, wie sehr Antons Wohlbefinden von ihm abhängt. Sie beugen sich über das Geländer, Anton weicht seinem Blick aus, und Max fühlt sich an einen Hund erinnert, der das Essen seines Herrchens gefressen hat und dabei erwischt worden ist.

»Tut mir leid, wenn ich mich zu sehr aufgeregt habe«, sagt er.

»Kein Problem.«

»Aber sag so was nicht zu Liv. Es ist überflüssig. Ich glaube nicht, dass es ihr gefällt.«

»Denkst du, Martina und mir gefällt es, dass ihr euch die ganze Zeit davonstehlt und rumknutscht?«

Max sieht seinen Freund fragend an.

»Wir haben nicht rumgeknutscht.«

»Vielleicht nicht heute Abend.«

Sie sehen sich prüfend an. Anton wirkt furchteinflößend. So aggressiv war er Max gegenüber noch nie.

»Letzten Sommer. Auf der Party bei Gustav Nyman. Ich habe euch im Wasser gesehen. Du bist so ein Arsch.« Anton spuckt Max gefährlich nah vor die Füße.

Ein Teil von Max ist erleichtert. Anton bestätigt, was passiert ist.

»Du weißt, dass ich in sie verliebt bin. Ich habe es dir erzählt. Du bist mit Martina zusammengekommen, der Prinzessin von Skurusund. Aber du musstest sie ja unbedingt beide haben. Wie kannst du mir bloß so was antun?«

Einen Augenblick lang glaubt Max, Anton würde ihm eine reinhauen. Stattdessen verzieht er das Gesicht und wendet sich schluchzend ab. Ratlos legt Max Anton eine Hand auf die Schulter.

»Scheiße«, schluchzt Anton. »Scheiße.«

»Tut mir leid«, sagt Max.

Plötzlich sind aus Antons Elternhaus Stimmen zu hören. Die Väter von Max und Anton stehen bei den Pfeilern und rauchen Zigarren.

Besoffene Stimmen schallen zur Terrasse herüber.

»Wie geht's euch?«

»Habt ihr genug Mädchen da?«

»Trinkt nicht den ganzen Weinkeller leer, Jungs.«

»Und benutz ein Kondom, mein Sohn, ich bin noch zu jung für Enkelkinder.«

Gelächter. Max und Anton winken. Erwidern die Rufe scherzhaft. Max findet, dass ihre Stimmen hohl klingen. Leer. Falsch. Armselig.

Sie wenden sich ab und rutschen mit den Rücken am Geländer runter, sodass sie von Antons Elternhaus nicht mehr zu sehen sind.

»Ich könnte ihn umbringen«, zischt Max.

»Ich hasse ihn«, fügt Anton hinzu. »Es ist schrecklich, aber es ist so. Ich ertrage den Gedanken nicht, eines Tages vielleicht so zu werden wie er. Das Arschloch lügt praktisch immer.«

»Das tun sie alle.«

»Was meinst du damit?«

»Sie lügen. Tun die ganze Zeit so, als ob alles total gut wäre. Dabei ist eigentlich gar nichts gut.«

»Mein Vater ist pleite«, stößt Anton gepresst hervor. »Scheiße, verdammt, er kann es sich noch nicht mal leisten, die Pfeiler erneuern zu lassen, auf denen das Haus steht.«

6.

Martina ist durcheinander. Max und Liv haben sich nun schon zum dritten Mal an diesem Abend zusammen davongeschlichen. Sie betrachtet ihre Freundin, die es sich auf dem Sofa gemütlich gemacht hat. Liv ist im Laufe des vergangenen Jahres hübscher geworden. Früher sah sie nur süß aus, aber jetzt strahlt sie etwas Erwachsenes und Gefährliches aus, um das Martina sie beneidet. Sie hat eine kaputte Seite, aber die wirkt auch interessant.

Martina ist nicht entgangen, dass die Jungs ihre Aufmerksamkeit zunehmend von ihr abgewandt und auf Liv gerichtet haben. So war es früher nie. Da stand Martina immer im Mittelpunkt. Sie war das Zentrum. Der beliebteste Partygast, in dessen Glanz sich alle sonnen wollten.

Liv war schüchtern und still.

Immer Martinas Anhängsel.

Was ist passiert? Und wann hat sich die Dynamik ihrer Freundschaft so dermaßen verändert? Und warum kann sie es nicht ertragen, sich die Aufmerksamkeit mit ihrer besten Freundin zu teilen?

»Worüber habt ihr geredet?« Sie setzt sich neben Liv.

Martina ist selbst erstaunt, wie kalt und hart ihre Stimme klingt.

»Nichts Besonderes. Als du oben warst, hat Max sich aufgeregt.«

»Aufgeregt? Worüber?«

»Anton hat einen seiner Witze gemacht, und Max hat gesagt, er soll damit aufhören.«

»Und dann?«, fragt Martina. Es ärgert sie, dass Max ständig Liv verteidigt.

»Dann habe ich gesagt, es wäre schon okay, und da ist er auf uns beide sauer geworden und weggerannt. Und dann bin ich hinterhergegangen, um ihn zu beruhigen. Mehr nicht.«

Mehr nicht, denkt Martina gereizt. Zwischen den beiden ist immer alles so klar. So selbstverständlich und einfach. Sie verschränkt die Arme vor der Brust.

»Wie kindisch von Max, an Anton rumzumeckern. Wir wissen doch, wie er ist.«

»Ja, das wissen wir«, murmelt Liv.

Das Schweigen breitet sich wie eine dicke Decke im Raum aus, und die Jungs kommen wieder herein. Die Mädchen stehen vom Sofa auf und gehen zum Spieltisch rüber. Anspannung liegt in der Luft. Nicht einmal Anton, der die Stimmung sonst immer mit seinen Scherzen und seinem Geplapper auflockert, kann sich jetzt dazu aufraffen. Sie spielen gelangweilt und ohne viel zu reden.

»Wodka pur?«, fragt Liv.

Zustimmendes Gemurmel.

Max steht auf, holt die Flasche und stellt energisch vor jeden ein kleines Glas hin. Schenkt ein. Martina wirft einen Blick auf ihr Handy. 21:37. Bald sind vom alten Jahr nur noch zwei Stunden übrig.

Sie stoßen miteinander an, legen die Köpfe in den Nacken und sagen im Chor: »Skål.«

Ihre Laune bessert sich ein wenig. Die Gespräche kommen langsam wieder in Gang.

»Musik!«, schreit jemand.

Max dreht die Musik voll auf, und alle wiegen sich dazu. Anton hebt die Arme und tanzt im Sitzen. Liv grinst. Martina liebt alle drei, sie sind ihre besten Freunde, und in diesem Moment ist alles gut.

Sie packt Max, lässt ihre Zunge in seinem Mund rotieren und freut sich, als sie spürt, dass er den Kuss eifrig erwidert. Liv und er können ja miteinander reden, so viel sie wollen, aber so küsst er nur mich, denkt sie glücklich.

»Spielen wir jetzt endlich weiter?«, brüllt Anton.

Martina und Max hören widerwillig auf, setzen sich wieder auf ihre Plätze, und Martina merkt, wie ihr ganzer Körper bebt und kribbelt.

»Ich bin dran, oder?« Sie schaut in die Runde. Greift nach den Würfeln und wirft sie über den Tisch. Sie sucht auf dem Spielbrett nach ihrer Figur, es ist der Rennwagen, und findet ihn auf der Västerlånggata.

»Du hast meine Frage nicht beantwortet«, sagt Anton nachdenklich.

»Welche Frage?«, erwidert Martina.

»Nicht du.« Er schüttelt den Kopf. »Liv.«

Alle Blicke richten sich auf Liv, die einen verwirrten

Eindruck macht. Aus den Lautsprechern dröhnt »Für mich wird es niemals vorbei sein« von Håkan Hellström.

»Wieso hast du *euer* Auto demoliert?«, fragt Anton.

Liv blickt achselzuckend auf die Tischplatte. Martina und Max wechseln einen Blick. Es ist offensichtlich, dass Liv etwas vor ihnen verbirgt.

»Du musst es ja mit Absicht gemacht haben«, sagt Anton.

»Gar nicht. Es war von hier aus einfach am leichtesten zu erreichen. Kürzester Fluchtweg. Ich hätte auch den Wagen deines Vaters nehmen können«, sagt Liv.

Martina denkt nach. Stellt sich die Einfahrt vor, an der sie vor einigen Stunden entlanggegangen ist. Da sie weiß, dass ihre Eltern als Letzte angekommen sind, ist es unwahrscheinlich, dass der SUV von Livs Vater ganz hinten stand.

»Wahrheit oder Pflicht?« Liv zeigt auf Martinas Spielfigur. Die Västerlånggata gehört Liv. Ein rotes Hotel steht darauf. Martina sieht Liv an.

»Mal im Ernst, Liv, wieso hast du euer Auto genommen?«

»Was spielt das für eine Rolle?«

Liv klingt verzweifelt.

Ihre Stimme erinnert Martina an die ihrer Mutter, wenn sie betrunken ist. Dieses minutenlange Beben, bevor sie in Tränen ausbricht und sich in ihrem Zimmer einschließt, um zu weinen. Das Schluchzen, das durch die Wände dringt. Martina denkt an die reglose Miene ihres Vaters, während er sie hört und schließlich doch das Radio aufdreht. Um es nicht mitanhören zu müssen. Und keine Verantwortung übernehmen zu müssen.

»Gar keine. Wir sind nur neugierig«, sagt Martina vorsichtig.

Aber Livs Züge entspannen sich nicht. Sie haben etwas in ihr berührt, das ihr gesamtes Wesen in Kampfbereitschaft versetzt hat.

»Mann, seid ihr bescheuert«, sagt sie. »Was seid ihr bloß für Idioten?«

Wutentbrannt starrt sie sie an.

»Vor allem du, Martina, mit deiner versoffenen Mutter und deinem Vater, der seinen Schwanz nicht unter Kontrolle hat. Ständig erzählst du, was für ein tolles Leben du hast und wie glücklich du bist, und deine dämlichen Instagram-Follower fütterst du mit einem vollkommen verzerrten und verlogenen Bild deines Lebens. Manchmal frage ich mich, ob du vielleicht sogar selbst darauf reinfällst. Dein Leben ist nicht Gold und Rosa und Glitzer. Du solltest dir dringend Hilfe holen, verdammt.«

Zuerst wird Martina wütend und will vom Stuhl aufstehen. Will Liv eine knallen. Für wen hält sie sich? Doch dann sieht sie, dass Liv weint. Tränen laufen ihr übers Gesicht. Sie verzieht keine Miene, aber die Tränen fließen unaufhörlich.

»Als ich fünfzehn war, hat mein Vater mich zum

ersten Mal vergewaltigt. In diesem Scheißauto. Im Kofferraum. Deshalb habe ich es demoliert. So. Jetzt wisst ihr es.«

Nun ist nur noch »Deine Zeit wird kommen« von Håkan Hellström zu hören. Er singt: *Ich habe schon als Kind danach gesucht. Nach dem Weg zum Gipfel der Welt.*

7.

Es ist, als hätten Livs Worte sie verhext, denkt Anton.

Der Erste, der das Schweigen bricht, ist Max. Er erzählt, dass sein Vater die ganze Familie systematisch misshandelt hat. Dass er sich wegen der blauen Flecken nie getraut hat, seinen Körper zu zeigen. Er erzählt von seinem Bruder Johan, den sein Vater vertrieben hat, nachdem er den Vater davon abgehalten hat, Max fast totzuschlagen.

Martina erzählt, wie viel ihre Mutter trinkt und wie gemein sie zu ihr und ihrer kleinen Schwester Adrienne sein kann, wenn sie besoffen ist. Sie sagt, dass sie immer noch ihrem Vater die Schuld dafür gibt, weil er die Mutter mit seiner ständigen Untreue in den Suff getrieben hat, sie ihre Mutter aber gleichzeitig für ihre Schwäche verachtet. Und dass sie Angst hat, genauso zu werden wie sie. Weil all das auf irgendeine kranke Weise von einer Generation an die nächste weitergegeben werden könnte.

Geheimnisse und Lügen werden entwirrt und kommen ans Licht. Illusionen platzen. Hin und wieder weinen diejenigen, die erzählen, ab und zu diejenigen, die zuhören. Sie schenken sich noch mal ein und reden weiter.

Anton denkt, dass sich alles verändert hat und nichts wieder so werden wird wie vorher. In einem guten Sinne. Noch nie hat er so viel Liebe für die drei anderen empfunden, nie größere Nähe zu ihnen gefühlt. Die Berichte der anderen sind krasser und düsterer als sein eigener.

Worüber ärgert er sich überhaupt?

Eigentlich hat er keinen Grund, wütend zu sein. Ja, sein Vater ist ein Heuchler, der so tut, als ob er ein reicher Mann wäre, obwohl er bis zum Hals in Schulden steckt. Und seine Mutter hat gar nichts kapiert. Vermutlich werden sie umziehen müssen. Sein Vater ist nie für ihn da gewesen, weder in den guten noch in den schweren Zeiten. War immer weg. Hat nie ein aufmunterndes oder tröstliches Wort zu ihm gesagt. Im Vergleich mit den Erzählungen der anderen kommt es Anton lächerlich vor, keine Geborgenheit kennengelernt zu haben. Doch die anderen hören aufmerksam zu und nicken verständnisvoll. Je mehr er sich entblößt, desto näher fühlt er sich ihnen. Anton hat immer geglaubt, das Gegenteil wäre der Fall.

»Deine Mutter schläft mit meinem Vater«, sagt Martina. »Sie haben eine Affäre.«

»Ich habe sie zusammen gesehen«, fügt Liv hinzu.

Anton nickt. Horcht in sich hinein, um zu prüfen, ob es ihn traurig macht, aber er fühlt nur Leere.

Irgendwann klingen die Erzählungen aus.

Es gibt nichts mehr zu sagen.

Sie schenken ihre Gläser voll und stellen sich nebeneinander vor das Fenster. Schauen schweigend zu der anderen Party rüber. Anton bildet sich ein, die Erwachsenen hätten ihre teuren Sachen abgelegt und wären jetzt nackt. Er weiß Dinge über sie, die sie nie im Leben zugeben würden. Eher würden sie sterben.

»Was machen wir jetzt?«, fragt Max tonlos.

Anton betrachtet die Stützpfeiler des Nachbarhauses. Die morschen Stelzen, vor denen sein Vater gewarnt worden ist. Ein Gutachter hat sogar gesagt, das Haus könnte einstürzen, wenn sie nicht verstärkt würden. In Antons Kopf entsteht ein Gedanke und wächst sich aus zu einem Schrei. Er blickt zu seinen Freunden hinüber, wagt aber nicht, den Gedanken laut auszusprechen.

Zumindest noch nicht.

Damit würde er eine Grenze überschreiten.

Er spürt Livs Hand an seinem Arm. Sie streichelt ihn sanft, als wollte sie ihn trösten.

Anton ist zugleich verwundert und erfreut. Er hat Liv immer geliebt.

Aber er empfindet auch Hass, blinden und schwarzen Hass, wenn er ihren Vater mit der Mutter von Max reden sieht. Er schämt sich, als er daran denkt, wie sehr seine Worte und Witze Liv verletzt haben müssen. Wie weh sie ihr getan haben.

»Bitte verzeih mir, dass ich diese Dinge zu dir gesagt habe«, flüstert er.

»Du konntest es ja nicht wissen.«

»Nein, aber trotzdem.«

Irgendwo am anderen Ufer des Sunds zündet jemand einen Feuerwerkskörper. Die Rakete steigt in den Himmel und explodiert in Grün und Rot. Plötzlich schmiegt sich Liv an Anton, legt ihm den Arm um die Taille, stellt sich auf die Zehenspitzen und küsst ihn zaghaft. Aus dem Augenwinkel sieht sie, dass Max und Martina sie erstaunt beobachten.

Liv tritt einen Schritt zurück und leckt sich die Lippen. Anton kneift überrascht die Augen zusammen.

»Warum hast du das gemacht?«, fragt er.

»Ich weiß nicht.« Sie lächelt schüchtern.

Gegen Mitternacht werden die Explosionen, die den dunklen Himmel färben, immer häufiger.

Wie unzählige Fallschirme sinkt der bunte Funkenregen auf Skurusund und Stockholm herab.

Die Jugendlichen sitzen am Tisch.

Irgendjemand hat die Musik leiser gedreht. Krampfhaft halten sie ihre Gläser umklammert. Das Spiel liegt vor ihnen. Schon seit einer ganzen Weile hat niemand mehr eine Figur bewegt oder gewürfelt.

Plötzlich klingelt es schrill an der Tür. Überrascht sehen sie sich an.

TEIL III

8.

Aus dem Eingangsbereich sind Stimmen zu hören. Liv steht auf und geht Max hinterher, um zu schauen, was los ist. Zwei Männer im Smoking kommen rein. Markus, Livs Vater, und Olof, Max' Vater. Mit ernsten Gesichtern, als müssten sie schlechte Nachrichten überbringen, torkeln sie rein und bleiben mitten im Raum stehen.

»Macht die Musik aus«, ordnet Markus an. Max tut, was er sagt, und bleibt neben der Stereoanlage stehen.

Die vollkommen betrunkenen Männer starren auf die Jugendlichen, das Monopolyspiel und die leeren Wodkaflaschen.

»Ist was passiert?«, fragt Anton.

»Unser Auto ist aufgebrochen worden.« Markus stiert Liv finster an.

Olof, Max' Vater, nickt.

»Wir wollten fragen, ob euch was aufgefallen ist.«

Ihre Stimmen klingen undeutlich und belegt, ihre Wangen sind gerötet.

Die Jugendlichen schütteln die Köpfe. Geben sich größte Mühe, unschuldig und ahnungslos zu wirken.

»Was wurde geklaut?«, fragt Max.

»Dafür war anscheinend keine Zeit. Aber sie haben die Heckscheibe meines Audis kaputt geschlagen«, sagt Markus. »Mann, bin ich sauer.«

»Das war bestimmt einer von den Kanaken aus Fisksätra«, sagt Olof. »Die nutzen die günstige Gelegenheit, wenn ehrliche Leute sich mal ein bisschen Entspannung gönnen. Parasiten.«

Resigniert zieht er die Schultern hoch und fährt sich durchs blonde Haar. Liv fällt auf, dass er wie eine ältere Version von Max aussieht. Die beiden sind sich beängstigend ähnlich.

»Habt ihr die Kameras überprüft?«, fragt Martina.

»Die funktionieren nicht«, sagt Anton schnell.

»Und die Polizei? Habt ihr den Vorfall schon gemeldet?«

»Wir haben dort angerufen, aber die haben alle Hände voll zu tun. Naja. Man kann ja auch nicht viel machen«, sagt Olof.

»Ihr habt ja schon ordentlich gebechert, wie ich sehe.« Grinsend zeigt Markus auf die leeren Flaschen. Er sieht Liv an, die ein Schauer durchfährt. Trotzdem fühlt es sich anders an, weniger furchterregend, seit ihre drei Freunde wissen, was ihr Vater ihr angetan hat.

Für einen Augenblick wird es still.

»Lasst die Mädels nicht alleine rausgehen, wenn auf den Straßen lauter Vorortgesocks unterwegs ist«, sagt Markus. »Diese Kanaken vergewaltigen ja mit Vorliebe junge schwedische Frauen«, sagt Markus. Seine Worte richten sich an Max und Anton, die sofort zustimmend nicken.

»Mach dir keine Sorgen. Wir kümmern uns um sie«, sagt Anton.

»Niemand geht allein raus«, sagt Max. »Wir bleiben sowieso lieber drin.«

»Das ist gut«, sagt Markus.

Olof und Markus nicken, drehen sich um und gehen zur Haustür. Liv hört, wie sie sich entfernen.

»Arschlöcher«, murmelt Max nach einer Weile.

Liv sagt nichts. Ihre Hände zittern. Ihr ist schlecht. Sie blickt suchend nach ihrer Handtasche, entdeckt sie unter einem Stuhl und steckt sich unbemerkt eine Tablette in den Mund.

»Wie geht es dir?«, fragt Anton besorgt. Seine Stimme klingt sanft und fürsorglich.

»Ganz okay«, sagt Liv.

»Als er was über Vergewaltigungen gesagt hat, hätte ich ihn umbringen können«, sagt Max.

»Ich auch«, sagt Martina.

Sie steht auf, geht zu Liv hinüber und legt von hinten die Arme um sie. Wiegt sie langsam hin und her.

Liv sieht Anton an, der mit verbissenem Gesichtsausdruck ein Glas bernsteinfarbenen Whiskey zum Mund führt.

»Würdet ihr das wirklich tun?«, fragt sie.

Die anderen sehen sie fragend an.

»Was?«, fragt Max.

»Ihn umbringen?«

Die Stimmung verändert sich, es wird unbehaglich. Martina hört auf, Liv zu wiegen, und lässt sich wieder auf ihren Stuhl sinken.

»Ich würde es tun«, sagt Anton. Seine Lippen sind

schmal wie ein Strich. Seine Augen dunkel und entschlossen.

Liv begreift, dass er es ernst meint. Etwas an seinem Tonfall und seiner gesamten Erscheinung macht sie da ganz sicher.

»Ich weiß sogar, wie es gehen könnte«, fährt Anton fort. Er verzieht das Gesicht zu einem Grinsen und lacht dann gequält.

»Wie denn?«, flüstert Liv.

»Das spielt keine Rolle«, sagt Max. »Wir sind einfach nur total besoffen. Natürlich bringen wir niemanden um. Habt ihr sie noch alle?«

Mit flackerndem Blick sieht er die anderen an. Liv merkt, dass er auf Zustimmung hofft, aber ausnahmsweise beachtet ihn niemand. Weder Martina noch Anton erwidern seinen Blick.

»Wie denn?«, wiederholt Martina.

Anton atmet tief ein und lehnt sich zurück.

»Die Pfeiler, auf denen unser Haus ruht, sind morsch. Sie können jeden Augenblick zusammenbrechen, und dann stürzen auch die Terrasse und das Erdgeschoss ein. Sie müssen dringend erneuert werden, aber mein Vater hat kein Geld dafür. Er schiebt die Reparatur seit Monaten vor sich her.«

»Aber wenn das ganze Haus einstürzt, dann bricht ja alles zusammen. Dann sterben alle«, sagt Liv. »Nicht nur mein Vater.«

Anton nickt bedächtig.

»Ja, sie sterben alle.«

Er nippt an seinem Whiskeyglas und deutet damit auf sein Elternhaus.

»Wollt ihr das nicht? Dass alle sterben?«, fragt er.

Er steht auf und geht langsam zum Fenster. Starrt mit leerem Blick auf die Party dort drüben. Liv stellt sich neben ihn. Sie kann ihren Vater erkennen, der wieder reingekommen ist und jetzt mit ihrer Mutter redet. Er gestikuliert wild und spricht wahrscheinlich über das Auto.

Am schmerzhaftesten ist, dass die Mutter von den Vergewaltigungen weiß, aber die Augen davor verschließt. Das ist im Laufe der Zeit immer deutlicher geworden. Wie kann man sein eigenes Kind nur so im Stich lassen? Liv versteht es nicht und wird es nie verstehen. Deshalb ist die Wohnung so wichtig für sie, und deshalb hat sie ihre Mutter angelogen. Von ihr aus könnte ihre Mutter ebenso gut tot sein. Liv tastet nach Antons Hand und drückt sie sanft.

»Würdest du es wagen?«, flüstert sie.

»Für dich würde ich alles tun«, sagt er.

9.

Vom alten Jahr ist noch eine Stunde übrig, und Max denkt, dass in der letzten Stunde mehr passiert ist als in den zwölf Monaten davor. Wie oft hat er sich ausgemalt, seinen Vater aus Rache für das, was er der Familie angetan hat, zu töten.

Anton hat recht.

Das ginge.

Und niemand würde sie verdächtigen.

Nicht zuletzt, weil ihre Eltern ja bereits wegen der eingeschlagenen Heckscheibe die Polizei verständigt haben.

Er betrachtet Liv und Anton, die am Fenster stehen und zum anderen Haus rüberschauen. Sie halten sich an den Händen, und er platzt fast vor Eifersucht. Irgendetwas ist geschehen und hat die Dynamik zwischen ihnen verändert. Wann ist das passiert? Er weiß es nicht. Aber es ist nicht zu übersehen. Unter der Tischplatte ballt Max die Hand zur Faust. Er denkt an seinen Bruder, an all die Schläge, an seine Sehnsucht.

Er steht auf und geht zu Liv und Anton rüber, ohne ihre ineinander verschränkten Hände aus den Augen zu lassen. Die beiden scheinen sich bereits entschieden zu haben.

»Wir tun es«, sagt er. »Ich will auch, dass sie sterben.«

Die Stützpfeiler, auf denen das gesamte Haus ruht, stehen direkt auf den Felsen. Wenn sie einbrechen, wird Antons Elternhaus einstürzen, auf den Klippen zerschellen und in das eiskalte Wasser fallen. Dass jemand überlebt, ist ausgeschlossen.

»Wann wollen wir es machen?«, fragt Anton.

Für Max ist die Frage ein gutes Zeichen. Offenbar hat er wieder das Kommando und trifft die Entscheidungen. Er blickt auf seine Armbanduhr.

»Um Punkt zwölf«, sagt er.

Martina zwängt sich zwischen ihn und die Fensterscheibe.

»Aber wir müssen das genau durchdenken. Wir dürfen niemals überführt werden. Sonst war's das mit unserem Leben.«

»Mein Quad«, sagt Anton.

»Was ist damit?«, fragt Max.

»Mein Quad steht in der Garage. Wenn du mir hilfst, mehrere Eisenketten dranzuhängen, die wir anschließend an den Pfeilern befestigen, übernehme ich den Rest.«

»Reichen zwei Pfeiler?«

»Wenn wir den richtigen Pfeiler erwischen, knicken die anderen wie Streichhölzer unter dem Haus ein. Das hat dieser Gutachter wortwörtlich gesagt – genau deshalb müssten die Pfeiler dringend erneuert werden.«

Max überlegt einen Moment.

»Kannst du dich in Sicherheit bringen, bevor das Haus einstürzt?«

»Wir brauchen eine lange Kette. Vielleicht müssen wir zwei miteinander verbinden.«

»Das größte Problem ist, dass immer mal wieder jemand zum Rauchen rausgeht.«

»Martina und ich halten sie auf.« Livs Stimme ist kaum zu hören. Sie räuspert sich. »Ich behalte mein Smartphone in der Hand und rufe einen von euch beiden an, wenn wir reingehen. Dann hört ihr ja, falls jemand vorhat, das Haus zu verlassen.«

Max denkt schweigend über ihren Vorschlag nach – ja, es ist eine gute Idee.

»So machen wir es«, sagt er. »Und wir warten, bis wir uns sicher sind, dass ihr wieder rausgekommen seid. Und dann legen wir los.«

»Wir müssen aber hier aufräumen«, sagt Martina plötzlich. »Die Polizei kommt hierher. Dann sollten sie vier mäßig angetrunkene Jugendliche vorfinden, die den ganzen Abend Monopoly gespielt haben.«

10.

Während das Feuerwerk in der dunklen Nacht an Intensität zunimmt, sorgen Max, Anton, Martina und Liv hastig im ganzen Haus für Ordnung. Anton und Max rennen zu den Glascontainern, um die leeren Flaschen zu entsorgen, während Martina und Liv das schmutzige Geschirr in die Spülmaschine räumen. Nur das Spiel steht noch auf dem Tisch.

Anfangs befürchtet Martina, dass ihre Pläne wegen des sinkenden Alkoholpegels allmählich versanden. Doch das Gegenteil ist der Fall. Je näher der Jahreswechsel rückt, desto zielstrebiger arbeiten sie.

Nur wegen Adrienne macht sie sich Gedanken. Zum Glück musste sie heute mit einer Babysitterin zu Hause bleiben. Wenn das alles hier vorbei ist, wird Martina sich um sie kümmern. Dann sind nur noch sie beide übrig. Für immer.

Die Haustür geht auf. Max, der laut ruft.

»Seid ihr langsam fertig?«

Martina und Liv sehen sich an, schauen sich hastig um und antworten, dass sie bereit sind. Dicht gedrängt stehen sie im Eingangsbereich, Martina und Liv ziehen mit ernsten Gesichtern vor dem Garderobenspiegel ihre Kleider glatt, überprüfen die Frisuren und bessern ihr Make-up nach. Martina wirft Liv einen verstohlenen Blick zu. Sie fragt sich, was in Livs

Kopf vor sich geht. Manchmal ist Liv ihr ein Rätsel. Martina ist nervös, obwohl sie fest entschlossen ist, ihren Plan durchzuziehen. Sie kann nicht mehr. Die Sauferei ihrer Mutter und die Gemeinheiten, die sie Martina seit Jahren an den Kopf wirft, haben sie zermürbt. Die Affären ihres Vaters haben die gesamte Familie gedemütigt. Martina hat sich nie geliebt gefühlt. Oder zumindest schon seit sehr langer Zeit nicht mehr.

»Moment, ich muss nur schnell Pipi machen.« Liv zieht Martina mit sich in die Gästetoilette.

Martina verriegelt die Tür, und Liv zieht sich das Höschen runter und setzt sich.

Sie kennt Liv gut genug, um zu wissen, dass sie ihr etwas sagen möchte. Etwas, das auf keinen Fall warten kann. Martina hat Herzklopfen.

»Was ist?«

Liv wirkt bedrückt. Sie scheint Angst zu haben. Liv zieht sich das Höschen wieder hoch, richtet sich auf und drückt die Klospülung.

»Ach, nichts«, sagt sie.

Martina merkt, dass Liv nicht die Wahrheit sagt. Es war doch etwas. Martina ist sich sicher, dass Liv etwas loswerden wollte, bevor sie rüber zu ihren Eltern gehen. Widerwillig öffnet Martina die Tür.

Vor der Gästetoilette treten die Jungs unruhig von einem Fuß auf den anderen.

»Dann gehen wir jetzt.« Max verlässt als Erster das Haus.

Die Luft ist kalt. Beißender Schwarzpulvergeruch schlägt ihnen entgegen. Martina schlingt sich die Arme um den Körper, um nicht völlig auszukühlen. Sie bekommt eine Gänsehaut. Ein paar Häuser weiter wird ein Knaller gezündet. Sekunden später explodiert am Himmel eine Rakete.

Ein kleines Stück von der Haustür entfernt bleiben sie stehen. Martina betrachtet die zerschmetterte Heckscheibe und sieht für einen Moment Liv mit dem Golfschläger in der Hand vor sich. Dann verschwimmt das Bild. Stattdessen liegt Liv jetzt mit gespreizten Beinen im Kofferraum und wird von ihrem Vater vergewaltigt. Martina merkt, dass auch Anton und Max auf das Auto blicken. Wahrscheinlich sehen sie das Gleiche vor sich wie sie.

»Wissen alle, was sie zu tun haben?«, fragt Max.

»Ja«, sagt Martina. »Hör auf, uns zu stressen.«

Sie gibt etwas in das Smartphone ein, das sie in der Hand hält, sucht Max' Nummer raus und drückt auf den grünen Hörer. Max' Telefon leuchtet auf und vibriert. Im ersten Moment wirkt er überrascht, dann nimmt er den Anruf entgegen und setzt sich die Earpods ein. Dann nickt er, packt Anton am Arm und geht mit ihm zur Garage.

Liv und Martina bleiben stehen. Warten einen Augenblick ab.

In dem Moment, als Liv zur Haustür gehen will, hält Martina sie auf.

»Warte kurz.«

Liv bleibt stehen.

Martina macht einen Schritt auf sie zu und nimmt sie in die Arme. Sie halten sich fest umschlungen, bis Martina sich bibbernd aus der Umarmung löst. Sie gehen zur Treppe. Drinnen wummern die Bässe so laut, dass die Haustür vibriert. Dahinter sind Stimmen zu hören. Gelächter. Gläserklirren.

Liv legt den Daumen auf den Klingelknopf.

Martina sieht auf ihre Uhr. Eine Rolex, die sie von ihren Eltern zum fünfzehnten Geburtstag bekommen hat. Oder besser gesagt: Sie haben sie ins Edelkaufhaus NK geschickt, damit sie sich dort eine Uhr aussucht. Sie selbst konnten nicht mitkommen. Es ist zwanzig vor zwölf.

Die Tür wird aufgerissen, und Antons Mutter erscheint schwankend vor ihnen, kann sich aber gerade noch an der Türklinke festhalten.

»Ach, hallo!«, juchzt sie.

»Wir wollten nur mal vorbeischauen und ein frohes neues Jahr wünschen.« Martina setzt ihr strahlendstes Lächeln auf.

»Wie nett von euch. Wo sind denn die Jungs?« Sie wirft einen Blick über Martinas und Livs Schultern.

Martina öffnet den Mund, aber Liv kommt ihr zuvor.

»Sie haben versprochen, kurz nach Mitternacht zu uns zu stoßen«, sagt sie.

Antons Mutter geht voran in das luxuriös dekorierte Haus. Je weiter sie vordringen, desto lauter werden die Stimmen und die Musik. Antons Mutter dreht sie leiser.

»Schaut mal, wen wir hier haben«, ruft sie, die ausgestreckten Arme auf Liv und Martina gerichtet.

Sieben Augenpaare wenden sich ihnen zu. Es ist nicht zu übersehen, dass alle sturzbetrunken sind. Angewidert starrt Martina Livs Vater an.

»Wir wollten nur mal Hallo sagen und euch ein frohes neues Jahr wünschen.« Sie wundert sich selbst, weil ihre Stimme ganz normal klingt, obwohl sie innerlich vor Ekel tobt. Ihre eigene Mutter tapert mit zwei Champagnergläsern auf sie zu und drückt sie ihnen in die Hand. Sie küsst beide Mädchen auf die Wangen. Stinkt nach Alkohol. Nach Rauch. Verschmiert Lippenstift und verströmt einen leichten Schweißgeruch. Martina ist froh, dass Liv das Gespräch übernimmt, sodass sie nicht mit ihrer Mutter zu reden braucht. In dem großen Raum ist es heiß und stickig. Max' Vater kommt näher, schenkt sich sein Glas voll und prostet ihnen zu.

»Amüsiert ihr euch gut bei uns da drüben?«

»Ja, total. Das Essen war superlecker. Wir haben fast die ganze Zeit Monopoly gespielt.«

»Wie schön.«

»War es hier auch nett?«

»Doch. Es war schön. Gutes Essen, und ein bisschen getanzt haben wir auch.«

Martina sieht vor sich, wie er mit geballter Faust auf den zehnjährigen Max losgeht. Auf diesen Jungen in der Lederjacke, der im Klassenraum vor ihr saß und den sie schon damals so sehr mochte.

Sie hasst ihn.

Und hört dabei, was ihre Mutter ihr ins Ohr flüstert.

»Steh gerade. Du siehst ja aus wie ein Kartoffelsack.«

Martina beißt die Zähne zusammen und bringt die Andeutung eines Lächelns zustande.

Eigentlich will sie laut schreien, dass sie alle sterben werden. Will sie zwingen, sich in einer Reihe aufzustellen, und einem nach dem anderen erklären, warum. Aber sie tut es nicht.

Während sie mit Max' Vater plaudert, ist sie mit ihren Gedanken im Kellergeschoss, wo Max und Anton, sofern alles nach Plan läuft, jetzt lautlos das Quad in den Schnee hinausziehen und an einen der Pfeiler ketten. Sie hofft, dass sie bald fertig sind. Sie dreht ihr Handgelenk so, dass sie unauffällig auf die Uhr schauen kann, noch zehn Minuten bis Mitternacht.

Sie sieht Liv an und deutet verstohlen auf die Haustür. Sie will hier weg. Weg von diesen Menschen und ihren Lügen und Abgründen. Liv reagiert mit einem Zwinkern.

»So, jetzt lassen wir euch in Ruhe.« Martina legt Max' Vater eine Hand auf die Schulter. Währenddessen beobachtet sie gespannt, ob Liv sich von ihren eigenen Eltern verabschiedet, aber Liv würdigt die beiden keines Blickes. Mit geradem Rücken und hocherhobenen Hauptes geht sie auf die Haustür zu.

»Ich hasse sie so sehr«, flüstert Martina ihr im Flur zu.

»Ich auch«, antwortet Liv, und Martina sieht, dass ihre Freundin schon wieder Tränen in den Augen hat.

»Hast du dich umentschieden?«, fragt sie leise.

»Nein, im Gegenteil«, flüstert Liv.

Als die Haustür hinter ihnen ins Schloss fällt, hält Martina sich das Handy ans Ohr.

»Seid ihr bereit?«, fragt sie die Jungs, die sich irgendwo unter dem Haus befinden.

Sie hört nur ein Schnaufen und dumpfe Schritte.

»Hallo«, sagt sie.

»Sorry. Dieses Scheißquad ist schwerer, als ich dachte. Gleich«, keucht Max.

»Was sollen Liv und ich machen?«, fragt Martina.

»Geht wieder rüber zu mir. Wir übernehmen den Rest. Stellt euch ans Fenster und genießt den Anblick.«

11.

Die Garage riecht nach Benzin und Feuchtigkeit. Gerüche, die Anton liebt, seit er denken kann. Das Quad hat er zum fünfzehnten Geburtstag bekommen. Ein Vierteljahr später hatte er das Interesse daran verloren. Er zieht die dunkelgrüne Plane weg. Beeindruckt betrachtet Max das schwarze Fahrzeug.

»Weißt du noch, wie wir damit nach Stockholm gefahren sind?«

Anton lacht.

»Um uns in der Innenstadt Hamburger zu holen, oder?«

Max schüttelt den Kopf.

»Döner.«

Die Mädchen befinden sich irgendwo da oben über ihren Köpfen. In einem Haus, das bald nicht mehr existieren wird. Anton durchsucht Kisten und Schränke nach Ketten, aber alles, was er findet, sind ein paar übrig gebliebene Tampen vom Boot seines Vaters.

»Glaubst du, die gehen auch?« Er hält mehrere Meter Tau in die Höhe.

Max nimmt prüfend das Tauwerk in die Hände und zieht ruckartig daran. Dann nickt er.

»Na klar.«

Sie wählen zwei Tampen aus, legen sie auf dem schmutzigen Estrich aus und gehen sie ab.

»Fast zehn Meter. Das müsste reichen.«

Anton holt den Zündschlüssel des Quads aus dem Schrank, steckt ihn ins Zündschloss und dreht ihn um, ohne den Motor anzulassen. Stattdessen schaltet er in den Leerlauf und löst die Bremse.

Max legt die Taue auf den Sitz, stützt sich mit den Füßen an der Wand ab und schiebt das Quad vorwärts. Aus den offenen Fenstern zur Terrasse dröhnt »Final Countdown« von Europe. Am gegenüberliegenden Ufer und in den Nachbargärten wird bereits gefeiert. Raketen steigen zum Himmel auf und explodieren. Anton beobachtet Max von der Seite. Max' Gesicht ist vor Anstrengung verzerrt. Schweißtropfen glänzen auf seiner Stirn, während er die gesamte Muskelkraft seiner Beine einsetzt, um das Quad anzuschieben. Sie haben beschlossen, den Motor erst im letzten Moment anzulassen.

Max hält Anton seine flache Hand hin. Sie bleiben stehen. Verschnaufen.

Seite an Seite stehen sie unter der Terrasse und mustern die Holzpfeiler, auf denen das Haus steht.

»Weißt du, welcher morsch ist?«, fragt Max.

»Alle, glaube ich.«

Sie gehen näher an die Pfeiler heran und beleuchten sie mit der Taschenlampe an Max' Smartphone. Das Holz sieht brüchig und porös aus. Anton streicht mit dem Finger darüber und verzieht das Gesicht, als er sich einen Splitter einfängt.

»Wir nehmen die zwei hier vorne.«

»Beide gleichzeitig?«, fragt Anton.

»Wenn es geht. Wir holen jetzt die Taue. Pass auf, dass dich von oben niemand sieht. Sie könnten jeden Moment auf die Terrasse gehen, um anzustoßen.«

Auf Zehenspitzen gehen Anton und Max zurück zum Quad, das sie hinter dem Haus stehen gelassen haben, damit man es nicht sieht. Jeder nimmt ein Tau und schleppt es hinüber zu den Pfeilern. Mit aller Kraft verknoten sie entschlossen die Taue an zwei Pfeilern. Sie ziehen die Taue straff und tragen die Enden zurück zum Quad. Befestigen sie hinten am Fahrgestell. Anton blickt kurz zum Sund, über dem gerade eine Rakete explodiert. Das Spiegelbild auf der Wasseroberfläche erinnert an eine Öllache.

Anton sieht Max auf seine Uhr gucken und breitet ungeduldig die Arme aus.

»Noch eine Minute«, zischt Max.

In diesem Moment wird oben die Terrassentür aufgerissen. Ungehemmt dröhnt die Musik hinaus auf den Sund. Anton fühlt das Wummern der Bässe im Bauch.

»Perfekt«, sagt Max tonlos.

Anton antwortet nicht.

Er ballt die Faust nach oben zur Terrasse. Er kann die Schatten darauf erahnen. Das Gelächter. Die Freude. Er wendet sich ab. Schaut zum Elternhaus von Max hinüber. Dort, hinter dem Fenster, meint er die Umrisse von Livs und Martinas Körpern erkennen zu können.

Er winkt kurz, und die beiden winken fast unmerklich zurück.

Er schluckt.

Dann setzt er sich auf den Sitz und umfasst prüfend die Griffe.

»Noch zwanzig Sekunden«, zischt Max. »Viel Glück.«

Gebückt verschwindet der Freund hinter dem Haus und rennt hinauf auf die Straße, um bei sich zu Hause die Garage aufzuschließen, in der sie das Quad anschließend verstecken werden.

Anton zählt im Geiste, aber er ist zu langsam. Er ist erst bei fünfzehn angekommen, als der Himmel explodiert. Auf der Straße, in den Gärten und längs des Ufers werden Feuerwerkskörper gezündet. Die Knallerei ist ohrenbetäubend und lässt den Boden und das große Haus erbeben.

Es ist ausgeschlossen, dass bei diesem Lärm jemand das Quad hört. Er dreht den Zündschlüssel um, und das Fahrzeug macht einen kleinen Satz. Der Motor jault auf, aber Kaskaden von Knallern und Raketen übertönen ihn. Anton legt den ersten Gang ein, wirft einen letzten Blick zurück auf das Haus und gibt Gas.

TEIL IV

12.

Liv steht am Fenster. Martina hat ihr einen Arm um die Schulter gelegt. Da draußen in der Dunkelheit sind die Jungs. Sie bewegen sich hastig, rennen hin und her, schleppen Taue und reden miteinander. Schließlich ist nur noch Anton zu sehen, breitbeinig auf dem Quad. Liv hat nicht gesehen, dass Max weggelaufen ist, und hält im Dunkeln nach ihm Ausschau. Anton hält den Rücken ganz aufrecht. Sie kann sein Gesicht nicht erkennen, ahnt aber, dass es grimmig und entschlossen aussieht.

Als der Himmel explodiert, schreit Martina auf. Dann beugt sie sich so weit vor, dass ihre Stirn fast die Scheibe berührt.

»Worauf wartet er?«, flüstert sie Liv aufgeregt ins Ohr.

Bevor Liv antworten kann, leuchten plötzlich die Scheinwerfer des Quads auf. Im nächsten Moment setzt sich das Fahrzeug in Bewegung. Liv reißt die Augen auf.

Zuerst passiert nichts.

Dann knicken die Pfeiler ein.

Einer nach dem anderen bricht ab wie ein Streichholz.

Als Erstes stürzt die riesige Terrasse ein. Dann folgt der Rest des Gebäudes. Das Haus zerschellt an den Klippen und rutscht krachend hinunter ins eiskalte Wasser.

Martina schreit. Liv lächelt.

Ein paar Minuten später kommen die Jungs reingerannt. Sie rasen ans Fenster und starren hinaus. Das Haus ist eingestürzt, nur noch Bruchstücke sind davon übrig. Die Menschen darin sind entweder tot oder kämpfen im eiskalten Wasser um ihr Leben.

Aber niemand wird ihnen helfen.

Als die Polizei und ein Rettungswagen eintreffen, rennen die vier auf die Straße und zum Ort des Geschehens. Dort spielen sie ihre Rollen. Schreien. Weinen. Raufen sich die Haare und rufen nach ihren Eltern.

Aber innerlich sind sie glücklich.

Und frei.

Camilla Läckberg ist die Königin
der Rachegeschichten

No Mercy. Rache ist weiblich

Roman

LESEPROBE

Ingrid, Birgitta, Viktoria. Drei Frauen, die unterschiedlicher nicht sein könnten. Doch eine Gemeinsamkeit teilen sie, und diese hält sie davon ab, das Leben zu führen, das ihnen zusteht: Jede von ihnen ist in einer unglücklichen Ehe gefangen, keine von ihnen sieht einen Ausweg. Als sie in einem Internetforum aufeinandertreffen, erkennen sie, dass die Lösung zum Greifen nahe liegt. Sie schmieden einen teuflischen Plan, der sie alle befreien soll ...

Lesen Sie, wie alles begann ...

LESEPROBE

Ingrid Steen

Als Ingrid Steens Mann ins Wohnzimmer kam, steckte sie den Gegenstand, den sie in der Hand gehalten hatte, zwischen die Sofakissen.

Er ging an ihr vorbei.

Sein hastiges und mechanisches Lächeln, bevor er in der Küche verschwand. Sie hörte ihn im Kühlschrank herumsuchen und dabei »The River« von Bruce Springsteen summen.

Ingrid ließ den Gegenstand in seinem Versteck zurück und stand vom Sofa auf. Die Straßenbeleuchtung kämpfte tapfer gegen die nordische Dunkelheit an. Sträucher und Bäume waren kahl. Im Haus gegenüber flimmerte ein Fernseher.

Hinter ihr räusperte sich Tommy, Ingrid drehte sich um.

»Wie war dein Tag?«

Sie sah ihn schweigend an. In der einen Hand hielt er ein angebissenes Fleischbällchen, in der anderen ein Glas Milch. Er hatte dünnes Haar, schon immer, war aber mit dreißig stilsicher genug gewesen, es abzurasieren. Sein Hemd war unten zerknittert, weil es seit dem Morgen in der Hose gesteckt hatte.

»Gut.«

Tommy lächelte.

»Schön.«

LESEPROBE

Sie sah ihm hinterher. Tommy, ein Arbeitername. Trotzdem waren sie, sobald er Chefredakteur der *Aftonpressen* geworden war, nach Bromma hinausgezogen – ein Wohnort für die obere Mittelklasse im Allgemeinen und die schwedische Medienelite im Besonderen.

Aus dem Arbeitszimmer war wieder das Klappern auf der Tastatur zu hören. Ingrid ging zurück zum Sofa, schob die Hand zwischen die Kissen. Stieß auf ein ehemaliges Spielzeug ihrer Tochter Lovisa. Zog es heraus. Musterte den kleinen grünen Dinosaurier mit den überdimensionierten Glotzaugen und legte ihn auf den Wohnzimmertisch. Beugte sich erneut über das Sofa, fand den Gegenstand und nahm ihn mit in den Flur.

Das Geräusch der tippenden Finger, die Befehle erteilten und Schlagzeilen umschrieben, wurde lauter. Sie nahm Tommys Mantel vom Bügel. Das rechteckige Nähset in ihrer rechten Jeanstasche drückte gegen die Pobacke. Nachdem sie sich im Obergeschoss auf der Toilette eingeschlossen hatte, legte sie das Nähset auf den Waschbeckenrand. Sie schnitt das Futter ein Stück auf, steckte das kleine Gerät hinein und überprüfte, ob es funktionierte. Sie schaltete es mit dem Zeigefinger ein, verstaute es in der kleinen Tasche, die entstanden war, und nähte den glänzenden Stoff mit wenigen Stichen zu.

LESEPROBE

Viktoria Brunberg

Vor drei Jahren hatte Viktoria mit Nachnamen Volkova geheißen, in der russischen Millionenstadt Jekaterinburg gewohnt und von dem Land Schweden nur eine vage Vorstellung aus dem Geschichtsunterricht gehabt. Inzwischen hieß sie Viktoria Brunberg und wohnte im Dorf Sillbo, das gut zehn Kilometer von Heby im Zentrum des Landes lag. Sie sprach Schwedisch mit starkem Akzent und hatte weder Arbeit noch Freunde. Seufzend goss sie dampfenden Tee in einen schwarzen Becher mit der Aufschrift »Schweden rockt«.

Durch die Schlitze unter dem Fenster konnte sie den Wind hören. Vor dem Fenster waren Felder, Wald und grauer Himmel. Sie ging mit dem Tee zum Küchentisch ging und hielt sich die Hand seitlich vors Gesicht, um nicht hinschauen zu müssen. Ächzend legte sie die Füße auf den Tisch. Alles an diesem Ort und diesem Land war verabscheuungswürdig. Sie umfasste den Becher mit beiden Händen und schloss die Augen.

»Juri«, flüsterte sie.

Ihre Freunde in Jekaterinburg hatten sie scherzhaft Gangsterbraut genannt. Der Spitzname hatte ihr gefallen. Sie liebte die Diamanten, die Drogen, die luxuriösen Restaurants, die schönen Sachen und die Wohnung, in der sie gelebt hatten.

LESEPROBE

An ihrem zwanzigsten Geburtstag verschwand plötzlich alles. Juri wurde ermordet. Sein Körper war wohl mittlerweile bis zur Unkenntlichkeit verwest. Der behaarte Rücken, die großen Hände, der breite Kiefer – nichts mehr übrig.

Peng, peng, peng.

Juri war an ihrem Geburtstag erschossen worden. Blut spritzte auf ihren weißen Pelz auf dem Nachtklubsofa. Sie hatten auch sie töten wollen, aber der dritte Schuss des Mörders ging daneben. Dann wurde der Täter von Juris Leibwächtern erschossen. Sie selbst floh zu ihrer Mutter, die eine Stunde entfernt außerhalb der Stadt lebte.

Ihre Mutter gab ihr den Tipp mit der Seite, auf der schwedische Männer nach russischen Frauen suchen.

»Schwedische Männer sind sanftmütige Waschlappen«, sagte sie.

Viktoria hörte auf ihre Mutter, wie sie es immer getan hatte. Lud ein paar Bilder hoch, bekam nach kurzer Zeit Hunderte von Antworten und entschied sich für Malte. Auf den Fotos hatte er gut ausgesehen, wie ein großes Baby mit Kulleraugen. Malte war in ihrem Alter, übergewichtig und machte einen schüchternen Eindruck. Er schickte ihr Geld für das Flugticket, und zwei Wochen später trat sie zum ersten Mal über die Schwelle des gelben Hauses in Sillbo.

In der Einfahrt vor dem Haus hörte sie Maltes Motorrad. Viktoria nahm die Füße vom Tisch und schaute aus dem Fenster. Sein Körperumfang ließ das Motorrad klein erscheinen, er sah aus wie Godzilla auf einem Pony. Hinter Malte kam ein weißer Kastenwagen angefahren. Er bog in die Einfahrt, fuhr durch das Tor und blieb neben dem Motorrad stehen. Lars öffnete die Beifahrertür, hievte eine Palette Bier heraus und schleppte sie vor die Haustür. Malte schnappte sich eine Dose und öffnete sie. Er trank gierig im Stehen. Die Fettwülste an seinem Hals rollten sich in mehreren Schichten. Die beiden Männer verschwanden aus Viktorias Blickfeld, und eine Sekunde später wurde der Schlüssel ins Schloss gesteckt und umgedreht.

Sie stapften mit Schuhen ins Haus. Lars zögerte einen Moment, als er die lehmigen Abdrücke auf dem Parkett sah.

»Scheiß drauf. Die Alte ist froh, wenn sie was zu tun hat, sie sitzt ja den ganzen Tag nur rum«, sagte Malte, ohne sie eines Blickes zu würdigen.

Lars grinste dämlich, sah ihr eine halbe Sekunde in die Augen, murmelte Hallo und stellte die Bierdosen auf den Tisch. Malte stand am Herd.

»Dann wollen wir mal sehen, was du heute für eine Pampe fabriziert hast.« Er hob den Deckel und wich mit zusammengekniffenen Augen zurück, als ihm heißer Dampf entgegenschlug. Er wedelte ein paarmal mit der Hand und linste in den Topf. Lars machte sich ein Bier auf.

»Kartoffeln. Gut, sehr gut.« Malte sah sich in der

Küche um und öffnete fragend die Arme. »Ist das alles?«

»Ich wusste nicht, wann ihr kommt. Die Würste brate ich jetzt«, sagte Viktoria.

Malte rümpfte die Nase und schaute über ihre Schulter hinweg seinen Freund an. Wiederholte ihre Worte mit übertrieben heller Stimme und russischem Akzent. Lars prustete, Bier rann ihm übers Kinn. »Hübsch ist die Alte ja, aber sie ist wirklich nicht die Hellste«, sagte Malte. Lars tropfte noch mehr Bier am Hals herunter.

Ihre Sachen rochen nach Küche. Malte hatte seit Langem versprochen, die Dunstabzugshaube zu reparieren, aber es war nie etwas daraus geworden. Sie stellte die schmutzigen Teller in die Spülmaschine. Die Männer lümmelten auf dem Sofa herum. Auf dem Wohnzimmertisch standen leere Bierdosen. Bald würden sie schlafen, dann würde ihr Tag beginnen. Wirklich beginnen. Sie warf einen unauffälligen Blick zum Sofa, um zu schauen, wo Malte sein Handy hingelegt hatte. War beruhigt, als sie es zwischen zwei Bierdosen entdeckte.

»Ich hätte mir lieber eine Thailänderin holen sollen, so wie du. Das Essen schmeckt besser. Und sie blasen besser.« Malte rülpste.

»Und wenn du sie wieder nach Hause schickst?« Lars kicherte.

»Warum eigentlich nicht? Mal überlegen, ob bei der

Lieferung ein Retourenschein dabei war«, sagte Malte zwischen zwei schweren Seufzern.

»Das Geld kriegst du nicht zurück, aber vielleicht einen Gutschein«, presste Lars hervor.

»Stimmt, die Ware ist ja benutzt und entwertet.«

Erneut explodierte das Gelächter, während in der Küche das Wasser in die Spülmaschine rauschte.

Ingrid Steen

Ingrid parkte vor der Höglandschule, schaltete den Motor ab und blieb mit den Händen am Lenkrad sitzen. Sie war eine Stunde zu früh.

Vierzehn Jahre als Journalistin, davon zwei als USA-Korrespondentin, und mehr Preise, als sie zählen konnte. Früher hatten die ausgeschnittenen Zeitungsartikel, Diplome und einige der Bilder bei ihnen zu Hause an den Wänden gehangen. Als Tommy Chefredakteur wurde, hatte das Ehepaar – gemeinsam – entschieden, dass es das Beste sei, wenn Ingrid mit der Tochter zu Hause blieb. Chefredakteur einer überregionalen Tageszeitung zu sein, sei mehr als ein Job, es sei ein Lebensstil, sagte Tommy immer. Wenn es andersherum gewesen wäre und sie das Angebot bekommen hätte, hätte er das gleiche Opfer gebracht, versicherte er. Ingrid hatte sich gefügt. Hatte die Highlights ihrer Karriere in einem IKEA-Karton auf dem Dachboden verstaut und die Rolle der Ehefrau übernommen, die ihren Mann unterstützt. Wenn sie allein zu Hause war, holte sie manchmal den Karton herunter und kramte in ihren Erinnerungen. Erst heute hatte sie ihn wieder an seinen Platz ganz oben auf dem Regal geräumt, bevor sie Lovisa abholen musste und Tommy nach Hause kam.

Ingrid zuckte zusammen, als jemand an die Scheibe

klopfte, und setzte das Lächeln der engagierten Schulkindmama auf, bevor sie den Kopf zur Seite drehte und sah, dass es Birgitta Nilsson war, Lovisas Lehrerin. Bevor sie die Scheibe hinunterließ, warf sie unabsichtlich einen Blick auf die Uhr.

»Arztbesuch.« Birgitta lächelte. »Nichts Ernstes, Routineuntersuchung.«

Ingrid mochte sie. Birgitta ging auf ihre Pensionierung zu, Lovisas Klasse war ihre letzte.

»Viel Glück«, murmelte Ingrid.

»Ich habe Tommy gestern in der Talkshow gesehen – richtig gut. Er ist so klug, so eloquent. Sie müssen unheimlich stolz sein.«

Birgitta klatschte in die Hände.

»Und wie.«

»Und dass er sich im Herbst die Zeit genommen hat, uns zu besuchen und der Klasse von seiner Arbeit zu erzählen, obwohl er so viel zu tun haben muss. Als die Kollegen erfuhren, dass er kommt, haben wir kurzerhand die Aula gebucht. Lovisa hat sich so gefreut. Ich auch.«

»Schön. Ja, Tommy nimmt sich Zeit für Menschen.«

Die Lehrerin streckte die Hand aus und berührte Ingrid an der Schulter, bevor sie sich umdrehte und in Richtung U-Bahn ging.

Ingrid stellte die Musik lauter.

Eigentlich brauchte sie keine Bestätigung für Tommys Affäre. Sie wusste Bescheid. Seit dem Sommer war er verändert. Legte mehr Wert auf sein Aussehen, hatte sich einen Personal Trainer angeschafft. Früher hatte er redaktionelle Entscheidungen in Anwesenheit von Ingrid besprochen, er wusste, dass sie Interna für sich behielt, sie kannte die Regeln. Mittlerweile ging er zum Telefonieren ins Arbeitszimmer oder in den Garten.

»Neue Vorschriften der Konzerneigner«, hatte er ihr erklärt, als sie nachgefragt hatte. »Dich interessieren solche Dinge doch sowieso nicht mehr.«

Aber Ingrid wollte wissen, wer die Frau war, die mit ihrem Mann vögelte. Wahrscheinlich jemand aus der Redaktion, so hatten sie sich auch kennengelernt, bei Journalisten war es meistens so.

Sie kaufte sich jeden Tag eine Ausgabe der *Aftonpressen* und blätterte sie durch. Die Menschen auf den Fotos neben den Artikeln kannte sie nicht mehr. Von ihren alten Kollegen hatten viele die Zeitung gewechselt, rackerten sich nicht mehr als Reporter ab, sondern waren Chefs geworden.

Wussten ihre ehemaligen Kollegen, dass Tommy sie betrog? Hatten sie Mitleid mit ihr? Hielten sie ihm den Rücken frei, halfen sie ihm, die Affäre geheim zu halten? Ingrid hatte einen Plan. Sie wusste, wie sie herausfinden würde, mit wem er sie betrog, aber nicht, was sie dann tun würde.

LESEPROBE

Viktoria Brunberg

Malte und Lars schnarchten. Die beleibten Körper dünsteten Schweiß und Alkohol aus. Viktoria nahm das Handy ihres Mannes mit in den Keller. Sie ging in den Abstellraum, in dem er seinen Schnaps brannte, nahm eine Flasche der durchsichtigen Flüssigkeit mit und setzte sich vor den ausgeschalteten Fernseher auf das Plüschsofa. Im Sideboard unter dem Apparat war, vollkommen sichtbar, seine Pornosammlung aufgereiht. Sie hatte jeden der Filme mehrmals gesehen, auf diese Weise hatte sie Schwedisch gelernt. Malte isolierte sie von der Außenwelt. Das Haus hatte keinen Internetzugang.

Viktoria hatte ein eigenes Handy mit einer Prepaidkarte. Die hundert Kronen, die Malte jeden Monat darauflud, reichten nicht, um nach Russland zu telefonieren. Viktorias einzige Möglichkeit, mit ihrer Mutter Kontakt zu halten, bestand darin, Maltes Smartphone als Hotspot für ihr eigenes Handy zu nutzen.

In den ersten Monaten hatte sie sich eingebildet, das Leben in Schweden könnte einigermaßen erträglich sein. Nicht so wie die Jahre mit Juri, aber auszuhalten. Malte war nett. Langweilig, aber nett. Kaufte ihr halb verwelkte Blumen, lobte ihr Essen und nannte sie »meine kleine Frau«. Natürlich widerstrebte es ihr, mit ihm zu schlafen, ihn so nah an sich heranzulassen, seine ungeschickten Hände auf ihrem Körper zu fühlen, aber immerhin behandelte er sie wie ein menschliches Wesen.

Sie empfand Dankbarkeit dafür, dass er sie aus Russland herausgeholt hatte. Aber nach einem halben Jahr begann er, sich zu verändern. Er wurde bösartig. Duschte nicht mehr. Stank zunehmend. Anstatt mit ihr zu schlafen, rief er »blas mir einen«, ließ die Hose runter und setzte sich auf das Sofa. Und sie saugte artig an seinem kleinen Penis. Hatte Angst vor Malte. Er übte zwar nie körperliche Gewalt aus, aber sie war ihm vollkommen ausgeliefert. Malte konnte ihr das Leben noch schwerer machen, als es ohnehin schon war.

Sie konnte nirgendwo hin, der Hof war ein Gefängnis. Wenn sie wenigstens eine Freundin gehabt hätte, oder irgendjemanden, der nett zu ihr war und sie wie einen Menschen behandelte und nicht wie eine Sexpuppe, die putzen und kochen konnte.

Sie trank einen Schluck von dem Selbstgebrannten und verzog das Gesicht. Auf ihre letzte Mail hatte ihre Mutter nicht geantwortet. Viktoria verheimlichte ihre Lage vor ihr. Behauptete, es gehe ihr gut, sie fühle sich wohl und habe jede Menge Freundinnen. Sie schrieb, Malte verwöhne sie, er sei genauso sanft und freundlich, wie ihre Mutter es den schwedischen Männern nachgesagt habe, und arbeite als Geschäftsführer einer großen IT-Firma. Fantasievoll beschrieb sie die schicken Restaurantbesuche, die Reisen ans Mittelmeer, die einflussreichen Freunde und den Plan des glücklichen Paars, Kinder zu bekommen.

Sie bedankte sich bei ihrer Mutter, dass sie so klug und umsichtig gewesen war, ihr eine Ehe in Schweden vorzuschlagen.

LESEPROBE

Birgitta Nilsson

Im Wartezimmer des kleinen ärztlichen Versorgungszentrums in der Innenstadt dachte Birgitta Nilsson noch immer über Tommy und Ingrid Steen nach. Wunderbare Menschen, alle beide. Intellektuell und humorvoll. Ihre Tochter Lovisa war der schönen Mutter wie aus dem Gesicht geschnitten und hatte die brillante Ausdrucksweise des Vaters geerbt.

Birgitta zog den Ärmel ihrer Bluse hoch und bearbeitete das Ekzem, das am Ellbogen aufgetaucht war, mit den Fingernägeln. Anschließend strich sie mit der Handfläche über die schmerzenden Rippen auf der linken Seite.

Bis zur Pensionierung hatte sie noch zwei Jahre vor sich. Jakob, ihr Mann, hätte längst in den Ruhestand gehen sollen, aber da ihm die Buchhaltungsfirma gehörte, arbeitete er freiwillig weiter. Manchmal tat Birgitta so, als ob sie sich sonst ein Haus in Spanien gekauft und gemeinsam ein herrliches und geruhsames Rentnerleben geführt hätten. Als ob ihre zwanzigjährigen Söhne, die Zwillinge Max und Jesper, gelegentlich mit ihren Freundinnen zu Besuch gekommen wären. Eigentlich brauchte sie kein Haus in Spanien. Alles, was sie sich vom Leben wünschte, war die Liebe der Menschen, die sie auf Erden am meisten liebte. Sie war so in ihre Gedanken versunken, dass sie die Arzthelferin nicht bemerkte, die plötzlich vor ihr stand und ihren Namen sagte.

»Birgitta Nilsson.«

»Oh, entschuldigen Sie, meine Liebe. Ich habe geträumt.«

Birgitta stand auf und folgte der Helferin durch einen Flur, an dessen Ende eine Tür einen Spalt weit offen stand. Die Helferin zeigte darauf.

»Vielen Dank, und verzeihen Sie bitte, dass ich so alt und verwirrt bin«, entschuldigte sie sich, bevor sie eintrat.

Der Arzt war ein gut aussehender Mann um die dreißig. Schwarzes, nach hinten gegeltes Haar, markantes Kinn und volle Lippen. Birgitta gab ihm die Hand, der Mann forderte sie auf, Platz zu nehmen. Er räusperte sich, aber Birgitta hörte nicht hin. Sie betrachtete das gerahmte Bild auf seinem Schreibtisch. Eine schöne dunkelhaarige Frau und zwei kleine Kinder mit langen Wimpern und flaumigen Haarschöpfen lachten an einem Sandstrand in die Kamera.

»Was für eine schöne Familie«, platzte sie mitten in seine längere Erklärung hinein.

Er verstummte, sah zu dem Foto hinüber.

»Sie müssen sehr glücklich und stolz sein. Was für niedliche Engel, was für eine entzückende Frau.«

»Danke. In der Tat. Aber wenn wir uns nun …«

Der Arzt tippte auf das Blatt Papier, das er in der Hand hielt. Erst jetzt merkte Birgitta, dass er besorgt wirkte.

»Und ich sitze hier und rede über Nebensächlichkeiten. Sie haben sicher wenig Zeit, andere Patienten warten. Entschuldigen Sie, ich plappere so vor mich hin. Sprechen Sie bitte weiter.«

Der Arzt strich sich eine glänzende Haarsträhne aus der Stirn und kratzte sich an der Wange. Seine freundlichen Augen schauten direkt in ihre.

»Leider ist die Lage wie befürchtet, Sie haben Brustkrebs.« Der Arzt wartete ihre Reaktion ab, die jedoch ausblieb.

»Haben Sie gehört, was ich gesagt habe, Birgitta?«

»Ja, sicher.«

Er beugte sich vor, strich ihr über den Handrücken und sah ihr in die Augen.

»Ich kann verstehen, dass Sie geschockt sind, Angst haben und sich Sorgen machen. Aber Ihre Chancen, zu überleben, stehen gut. Wir melden uns, sobald wir einen OP-Termin für Sie gefunden haben.«

Birgitta lächelte ihn an.

»Das wird schon, mein Lieber.«

Sie stand auf, die Stuhlbeine scharrten über den Fußboden.

»Soll ich jemanden anrufen, der Sie nach Hause fährt?«

Birgitta schüttelte den Kopf.

»Nein, ich möchte lieber keine Umstände machen. Ich komme zurecht.«

Der Arzt brummte etwas, Birgitta gab ihm zum Abschied die Hand.

»Sie sind unzählige Male zur Mammografie einbestellt worden, aber nicht gekommen.«

Er sah sie prüfend an. Birgitta lächelte. Die Wahrheit konnte sie ihm nicht sagen.

»Ich hatte so viel zu tun, wissen Sie.«

Sie ließ seine Hand los und ging aus dem Raum.

LESEPROBE

Ingrid Steen

Tommy schnarchte laut. Ingrid stellte die nackten Füße auf den Dielenboden, strich ihr Nachthemd glatt und stand auf. Mit leisen Schritten ging sie aus dem Schlafzimmer und die Treppe hinunter. Sie nahm Tommys Mantel und das Nähset mit und schloss die Toilettentür hinter sich ab. Rasch trennte sie die Naht vom Vorabend auf und steckte die Hand hinein. Sie zog das Diktiergerät heraus, das Lämpchen leuchtete grün. Das Gerät nahm immer noch auf. Sie stoppte die Aufnahme, überprüfte, ob das Licht aus war, und seufzte.

Ingrid unterdrückte den Impuls, sich den Inhalt sofort anzuhören. Stattdessen nähte sie das Innenfutter wieder zu, schloss die Tür auf und hängte den Mantel zurück.

Sie steckte das Diktiergerät in die eigene Jackentasche, ging in die Küche und trank ein Glas Wasser. In ein paar Stunden würde Tommy mit den Morgennachrichten zu tun haben, und Lovisa würde bei einer Freundin sein. Dann hatte sie Zeit, die ganze Aufnahme abzuspielen. Als sie den Kopf auf das Kissen gelegt hatte, fiel ihr ein, wie sehr sie es als Journalistin gehasst hatte, sich Tonaufnahmen anzuhören. Nun konnte sie es kaum erwarten.

LESEPROBE

Viktoria Brunberg

Malte hatte einen Kater, seine kleinen Augen waren rot unterlaufen und feindselig. Sie hielten Ausschau nach Fehlern, suchten etwas, das er korrigieren oder kommentieren konnte. Viktoria machte Rührei. Stellte die Pfanne auf den Tisch, den Salzstreuer daneben, und schenkte ihm ein Glas Saft ein. Er schüttelte den Kopf.

»Bier. Damit der Kater weggeht.«

Wortlos drehte sie sich zum Kühlschrank um und holte eine der vom Vortag übrig gebliebenen Bierdosen heraus.

»Noch was?«

Malte gab ein Grunzen von sich. Viktoria ging aus der Küche, hängte sich eine Jacke von Malte über, schlüpfte in ein Paar Gummistiefel und öffnete die Haustür. Es war kalt draußen. Sie zündete sich eine Zigarette an. Die Felder waren grau, der Himmel war grau, in diesem verfluchten Land war alles grau. Einen halben Kilometer entfernt fuhr ein rotes Auto die Straße entlang.

Sie wünschte, sie hätte einen Führerschein oder könnte zumindest Auto fahren, dann würde sie Maltes Saab stehlen und fliehen. Alles hinter sich lassen und nach Stockholm gehen. Dort war sie mit dem Flugzeug aus Moskau gelandet. Sie und Malte waren ins Hotel gegangen, er hatte sie in ein schönes Restaurant zum Essen eingeladen. Danach, im Hotelzimmer, begriff sie, dass sie von nun an sein Besitz war.

Er bestimmte über sie, sie war eine Statistin in seinem Leben. Es wurde von ihr erwartet, dass sie sich um den Haushalt kümmerte und die Beine breit machte, und als Gegenleistung sorgte er finanziell für sie.

Am Tag darauf waren sie nach Heby und noch tiefer in den Wald gefahren und schließlich in Sillbo gelandet. Sie lernte Maltes Eltern kennen. Beim Mittagessen in einer Pizzeria in Heby starrten die sie an, als wäre sie eine Art Tier.

Sie bemühte sich, so höflich wie möglich zu sein, und stellte in gebrochenem Englisch Fragen, aber die beiden saßen stumm da und glotzten nur. Auf der Rückfahrt sagte Malte, Schweden verlören ungern viele Worte.

Obwohl eine Flucht theoretisch möglich gewesen wäre, stellte Malte auf andere Weise sicher, dass sie ihm gehorchte. In den ersten Monaten hatte er ohne Viktorias Wissen ihren Sex gefilmt. Falls sie sich aus dem Staub machte, sagte er, würde er die Videos auf Pornokanälen veröffentlichen. Nicht zuletzt auf russischen.

Viktoria drückte ihre Zigarette im Blumentopf aus und hängte die Jacke auf. Die Küche war leer, Malte hatte sich in den Keller zurückgezogen. Sie hörte den Fernseher und Maltes Anfeuerungsrufe. Viktoria machte die Küche sauber, wusch die Bratpfanne ab, kippte den Rest Bier in die Spüle und überlegte, was sie mit dem Rest des Tages anfangen sollte. Der Kühlschrank war fast leer. Sie würde Malte bitten müssen, sie zum Einkaufen nach Heby zu fahren.

»Komm her«, rief Malte von unten.

Viktoria schloss die Augen, wusste, was er wollte. Sie ging die Treppe hinunter.

»Blas mir einen«, sagte Malte, ohne den Blick vom Fernseher abzuwenden, und zog Jogginghose und Unterhose runter. Sie kniete sich vor das Sofa und nahm seinen schlaffen Penis in den Mund.

Kichernd stellte er eine Bierdose auf ihrem Kopf ab.

»Scheiße, warum bin ich nicht eher auf diese Idee gekommen. Die verfickten Feministinnen haben ja recht, Frauen können wirklich zwei Dinge gleichzeitig machen.« Dann lehnte er sich zurück.

Aus dem Schwedischen von Katrin Frey
ISBN 9783471360224

LESEPROBE

Camilla Läckberg, Jahrgang 1974, stammt aus Fjällbacka. Ihr Roman *Golden Cage* war ein internationaler Bestseller, von ihrer mittlerweile zehnbändigen Fjällbacka-Krimireihe wurden weltweit über 24 Millionen Exemplare verkauft, sie ist Schwedens erfolgreichste Autorin. Mit ihrem Unternehmen »Invest In Her« fördert sie Projekte junger Frauen. Camilla Läckberg lebt mit ihrer Patchworkfamilie in Stockholm.